대각선 논법

2025 포스텍 SF 어워드
수상작품집

대각선 논법

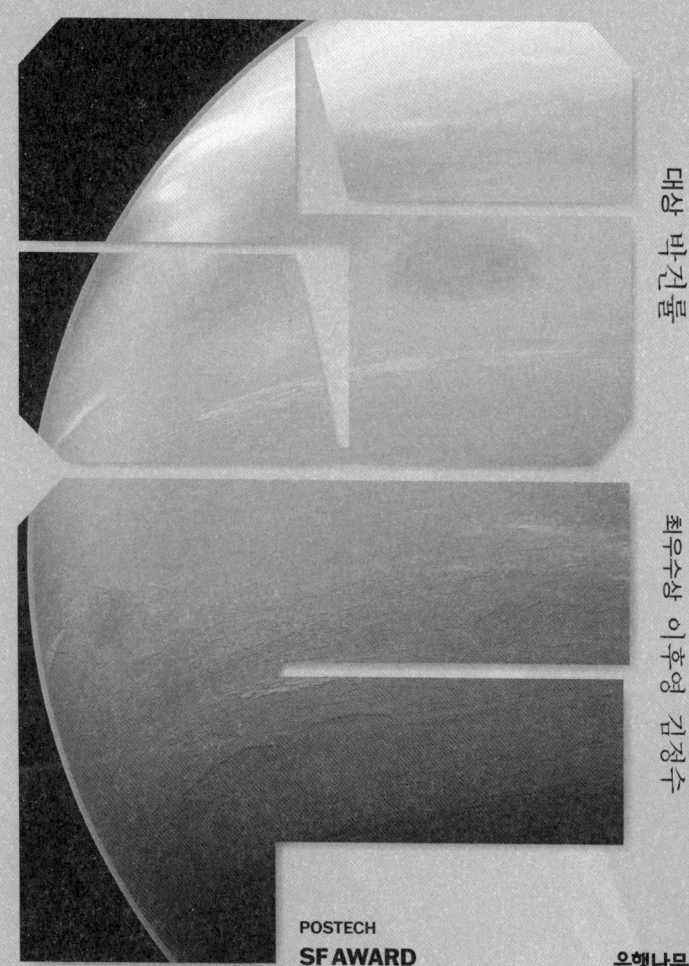

대상 박건률

최우수상 이훈영 김정주

POSTECH
SF AWARD

은행나무

차례

대상
박건률　대각선 논법　　　　　　　　　　　　　　7
　　　　작가노트　　　　　　　　　　　　　　　51
　　　　인터뷰　　**황예인**(문학평론가)
　　　　　　　　사건의 지평선 안에서 나누는 대화　　55

최우수상
이후영　감정의 땅　　　　　　　　　　　　　67
　　　　작가노트　　　　　　　　　　　　　　119
　　　　인터뷰　　**소유정**(문학평론가)
　　　　　　　　의지를 만드는 감정들　　　　　　123

김정수　확률적 유령의 유언　　　　　　　　137
　　　　작가노트　　　　　　　　　　　　　　206
　　　　인터뷰　　**인아영**(문학평론가)
　　　　　　　　죽은 자의 목소리, 산 자의 욕망　　210

심사평
김희선 이산화 이지용　　　　　　　　　　　225

2025 포스텍 SF 어워드 **대상**

대각선 논법

박건률

작가노트

인터뷰　　　황예인(문학평론가)
　　　　　　사건의 지평선 안에서 나누는 대화

박건률

2000년 출생. 한양대학교 컴퓨터소프트웨어학부 재학 중이다. 언어와 수학, 철학에 관심이 있다. 고대의 이야기꾼, 음유시인처럼 아름다운 이야기를 흘리고 다니고 싶다.

A 물리학이 붕괴하는 곳

"여기서 철학자를 볼 줄은 몰랐습니다. 물리학이 붕괴하는 곳엔 어쩌다가 오게 됐는지 궁금하네요."

"저도 궁금증이 많은 사람입니다. 모든 것을 알고 싶어서요."

"혹시 물리학에도 관심이 많으신가요?"

"한때 물리학이 이 세상을 이해할 수 있는 열쇠라고 생각했습니다. 그래서 공부를 해봤지만…… 역시나 부족했어요. 이제는 전혀 관심이 없어요. 저는 인간과 세상, 그 위에 있는 것들을 탐구합니다."

"당신은 신을 믿나요?"

"……혹시 내기를 좋아하시나요? 내기에서 이기세

요. 당신이 원하는 어떤 것이든 이룰 수 있을 겁니다."

"……왜냐하면 저는, 물리학에 흥미를 완전히 잃었기 때문입니다."

루키아의 FL물리학상 수상 소감은 수상위원회 모두를 엿먹었다.

귀가 멀 정도로 고요한 침묵만이 강당을 가득 메웠다. 당황한 사회자가 얼른 다음 순서로 진행하지 않았다면, 위원회 중 한 사람이 내뱉은 욕설이 전세계에 마이크를 타고 퍼졌을 것이다. 으레 FL상 수상 소감이 끝난 뒤엔 우레와 같은 박수가 터져 나오기 마련이다. 이 상은 세상을 변혁시킬 만한 젊은 과학자에게 앞으로의 성과를 기대하는 의미로 주기 때문에, 저명한 학계의 거장들이 맨 앞에서 수상자를 격려하게 된다. 수상자는 선대의 의지를 잇겠다는 소감을 눈물과 함께 얘기한다. 청중석의 선배들은 후배를 흐뭇하게 바라보며 박수친다. 신성한 대관식의 시나리오는 이렇게 진행됐어야 했다. 동심원이 기묘하게 얽혀 있는 모습으로 조각된 FL물리학상 트로피는 충성스런 강아지마냥 루키아 품에

쏙 안겨 있었고, 그 현장에서 유일하게 자신에게 맡겨진 배역을 다하고 있었다. 주인을 잘못 찾아간지도, 곧장 버려질 운명도 모르는 채로.

루키아의 논문이 "새로운 시야를 넓혀줬지만, 아직은 성급하다"라는 사람과 "그렇게 실험적으로 증명되지 않은 내용의 논문은 얼마든지 쓸 수 있다"고 격하게 반대하던 사람들. 위원회 내에서도 똑같았다. 또 다른 물리학자인 휘가 최종 후보까지 올랐던 이유였다. 루키아와는 다르게 급진적인 제안을 다루지 않았다. 휘는 처음엔 아무도 신경쓰지 않는 주변부를 논증한다. 이 쓸데없는 지식들은 휘가 바라보는 하나의 명제를 천천히 둘러싼다. 마치 알파고의 바둑을 처음 본 인간들이 알파고의 수를 깎아내리고 폄하했지만, 결국 그 위력을 절감한 것처럼. 휘는 사람들을 자신의 주장에 반론을 제기할 수 없게 압박하는 방식을 즐겼다. 그래서인지 도박사들은 최종 후보가 공개됐을 때 휘의 수상 가능성을 더 높게 점쳤다. 하지만 위원회는—사실은 위원장이—최종적으로 루키아를 택했는데, 여기에는 정치적인 의도가 담겨 있다는 얘기가 떠돌았다.

루키아의 논문은 미쳐 날뛰는 사회를 진정시키기 위한 마취제였던 것이다. 누군가가 판도라의 상자를 열었고, 거기서 빠져나온 각종 저주들이 인간을 타락시키기 시작했다. 신학계는 여기에 필사적으로 저항했지만, 자신들의 교리에 어긋나지 않으면서도 현실을 최대한 설명함과 동시에, 사람들을 선(善)으로 이끌 수 있는 논리를 찾아낼 수 없었다. 57일 간 신학계의 난상토론은 사람들이 바라던 평화의 마취제를 하사하지 못했다.

그때, 루키아가 한 논문과 함께 과학계에 돌아왔다. 독일의 헬골란트라는 섬에서 1개월간 칩거했던 루키아는 추상 수학과, 저 너머를 바라보는 물리적 직관으로 혼란을 불러온 판도라의 상자를 다시 봉인했다. 지금 사회에 펼쳐진 '현상'에 어떠한 선과 악의 개념을 부여하지 않고서, 서늘할 정도로 차갑게, 그 현상을 기술했다. 이 논문은 우리의 논리가 이 세상에 어떤 혼란도 제압할 수 있고, 완전 통제할 수 있다고 외치고 있었다. 혼돈과 혼란의 바다에서 루키아는 모든 파도를 예측하고 그 파고의 높이를 결정짓는 요소에까지 질서를 부여했다. 위원회는 이 논문의 위상을 높여야 했다. 우리 삶이 다시 혼돈의 바다로 떠내려가지 않도록 꽁꽁 묶어놔야 했다. 휘 대신 루키아가 23대 FL물리학상 수상자가 된 이유이자, 위원장이 대관식을 엉망으로 만든 책임을 지고 사퇴하게 만든 요인이었다.

위원장은 몰랐겠지만, 만약 휘가 루키아를 대신해서 상을 받았더라도 그는 똑같이 사퇴했을 것이다. 휘가 단순히 루키아의 대학원 동기이자 친구이기 때문만은 아니다. 그 문제의 논문에서 휘가 건져올린 것은 보채고 있는 아이를 잠에 빠뜨리는 자장가 따위가 아니었다. 맹렬히 회전하는 블랙홀에서 나타나는 과거, 현재, 미래의 중첩 현상을 규명한 논문 속에서 휘는 루키아가 신에게 올리는 탄원서, 실종된 한 인간 '연'에 대한 부검서, 마지막으론 잠자고 있는 운명을 보았다.

대관식이 끝난 지 2개월 후, 휘는 물리학계에서 종적을 감췄고, 며칠 뒤 루키아가 설립한 회사에서 포착됐다.

"신을 가지고 내기라. 천벌 받겠습니다."

"제가 이겼습니다. 제 말대로 신은 존재했고, 저는 축복 받았습니다. 이겼으니 당신이 걸었던 것을 가져가겠습니다."

"그걸 제가 어떻게 믿죠? 당신에겐 신의 증표가 보이지 않는데?"

"그걸 이루기 위해 여기 온 것입니다. 제가 증명할 수 있게 도와주시면, 당신도 납득할 수 있을 겁니다."

"그건 받아들일 수 없겠습니다. 내기는 내기인데 아무리 당신이라도 이건……."

"그렇다면 거래를 해볼까요? 당신의 모든 호기심을 풀어드리겠습니다. 대신 처음에 걸었던 것을 주셔야 합니다."

"처음에 걸었던 것?"

"서로의 모든 것."

노출된 특이점에서 쏟아지는 정보가 그것을 갈망하던 연에게 공명했다. 연의 정신이 무수한 정보 속에서 발견한 것은 진실, 절대성, 규칙, 신, 논리, 사슬, 질서였다. 인간의 연역과 귀납을 뛰어넘어 절대적인 진실을 부여받았다. 그와 동시에, 자신에게 부여된 숙명에서 벗어날 수 없음을 느꼈다. 연의 눈에서는 눈물이 흐르고 있었다. 하지만 축복받은 자의 피눈물이 아닌, 일반적인 인간의 맑고 투명한 눈물이었다.

연은 스스로도 의아했다. 자신이 경험한 절대성은 인간이 따지고 논증할 수 있는 무언가가 아니었다. 자신이 받은 것은 인간의 결함이 가득한 연역과 귀납 너머의, 신의 논증으로만 가져올 수 있는 지식임을 의심하지 않았다.

밤, 귀신, 천둥번개처럼 어린이들이 흔히 무서워하는 것들은 이상하게 어린 연에게는 힘쓰지 못했다. 오직 외로움만이 연을 힘들게 했다. 풍족한 집에서 부족함 없이 사랑을 받아왔지만 자신이 동떨어져 있음을 떨치지 못했다. 부모가 자신을 버릴까봐, 친구들이 갑자기 떠날까봐 두려워했다. 이런 강박은 스스로의 진실조차 점점 갉아먹기 시작했다. 만약 자신이 짜다고 느끼는 미각이 사실은 모두 각기 다르다면? 특별히 내 미뢰, 혹은 뇌에 오류가 있어서 남들은 달다고 느끼는 맛을 나만 짜게 느끼고, 남들은 짜게 느끼는 걸 나만 쓰다고 느낀다면? 연을 더 무섭게 만든 건 설마 그렇다 하더라도 검증조차 불가능하다는 사실이었다. 모두가 나를 시험하는 것이었고 자신은 곧 놀림거리로 전락하고 말 것이란 강박적인 생각까지 다다랐다. 하지만 곧 연은 이 문제보다 더 근원적이고 심각한 문제가 있다는 걸 알았다. 누군가가 틀렸다는 사실조차 모른 채, 세상 모두가 다른 맛을 느끼면서 살아간다면 우리는 무엇을 할 수 있는가? 나침반과 지도도 없이 서로 자신의 방향만이 옳다고 싸우면서 망망대해를 그저 표류할 수 밖에 없는 위치니까. 그때부터 연은 다짐했다. 자신이 이 문제를 해결하겠다고. 언제든 진실이 모호해질 때 찾아와서 신탁을 받아갈 수 있게 하겠다고. 이를 깨달은 건 저주가 아닌 신의 축복이며, 그를 위해 자신의 육체와 정신을 모두 바치겠다고. 이때가 마침 연의 11번째 생일이었다.

연이 가진 능력은 스스로 설정한 목표를 이루는 데 적지 않은 도움을 주었다. 대학교에 입학하기 전까지의 교육과정은 너무 시시했지만 오히려 자신을 고찰할 수 있는 시간으로 사용했다. 원했다면 월반을 하거나 영재 교육을 이수하고도 남았겠지만 적어도 고등학교까지는 남들과 똑같은 정규 과정을 착실히 거쳤다. 그 대신 연은 인간과 인간을 둘러싼 세상의 논리, 이치에 묘한 긴장감을 느꼈다. 지금까지는 잘 버텨왔지만 무엇이 만고불변의 진리인지는 아무도 알 수 없다. 언제 무너질지 모른다는 불안감은 그가 철학과 신학에 집착하게 된 계기가 됐다.

고등학교 2학년부터 연은 일주일에 세 번만 학교에 출석하기로 했다. 나머지 두 번은 아르바이트를 하느라 바빴다. 매주 목요일과 금요일마다 근처 대학에서 대학생을 대상으로 철학 강의를 시작했다. 수업을 들었던 당시 대학교 3학년인 란은 이렇게 회고했다. "연은 아주 예의가 바르고 수줍음이 많았어요. 키가 큰 편은 아니라서 강의를 할 때면 추가로 단상을 한두 개 더 놓았어야 했습니다. 하지만 강의 내용은 거대했습니다. 그 지식이 어떻게 그 작은 몸, 작은 뇌에 들어 있는지 상상할 수조차 없었어요." 강의를 참관했던 한 교수는 설렘을 담은 미소로 말했다. "연이 강의를 할 때면 거장이 장엄하고도 아주 부드럽게 지휘하는 모습이 겹칩니다. 우리가 가진 지식을 한 차원 높이기 위해 지구에 와준 외계인 같았습니다."

대학생이 된 연은 고삐 풀린 망아지였다. 이전까지 국가가 정해준 과정을 군말없이 따르던 모습이 지긋지긋했다는 듯, 게걸스럽게 지식을 먹어치우는 모습은 마치 철학 생태계의 교란종 같았고, 이 말은 그대로 연의 별명으로 굳어졌다. 연이 쓰는 논문의 주제는 날이 갈수록 점점 추상화됐고, 동시적이었으며, 점점 인간 마음속 깊은 곳에 영향을 주는 어떤 것에 다가갔다.

인간의 논리적 추론은 연역 추론이나 귀납 추론으로 이루어진다. 하지만 이 두 방법 모두 결함이 있다. 연역 추론은 주어진 전제로부터 필연적인 결론을 이끌어낸다. 따라서 전제가 참이라면, 연역 추론을 거쳐서 나온 결론은 반드시 참임을 보장할 수 있다. 이 댓가로 전제를 벗어난 새로운 지식을 창출할 수는 없다. 연역 추론은 이미 알려진 사실을 재확인할 뿐, 미지의 영역을 탐험하지 못한다. 귀납 추론은 반대이다. 귀납적으로 우리는 새로운 지식을 만들어낼 수 있는 대신 새로운 지식이 진실인지는 절대 확신할 수 없다. 기막히게 서로가 서로를 물고 있었다. 아직 인간은 절대적인 진실을 다룰 준비가 되어 있지 않은 것인가? 인간은 왜 두 눈을 동시에 뜰 수 없는가? 연은 스스로의 질문에 이렇게 답했던 것 같다. 그의 '학당'에는 이런 구절이 걸려 있었다. "불가능에서 가능을 보라. 대상보다는 관계에 힘써라. 신은 그곳에 있다."

연은 자신이 했던 말 그대로 모든 '정신'과 '육체'를 전부 바쳤다. 세상에서 똑똑하다는 인간을 전부 자신의 집에 불러들였다. 그리고 그들을 진심으로 존경하고 배워나갔다. 그들을 동시에, 그리고 같은 정도로 '사랑'했다. 그의 집은 집주인이 원하거나, 원하지 않는 지식인들이 모두 모여들고 얼마든지 머무를 수 있는 '아테네 학당'이면서 또 동시에 '인간의 도덕이 어디까지 무너질 수 있는지를 보여주는 사회 실험장'이었다. 역설적이게도 인간으로서 양심과 도덕, 윤리를 벗어나면 벗어날수록 연은 점점 신에게 가까워지는 듯한 느낌을 받았다. 그는 금욕적이고 엄격한 생활이 극단적으로 붕괴한 곳에서 어떤 흔적을 따라갔다. 그의 정신은 이제 인간의 작품을, 신의 작품도 탐구하지 않았다. 그가 찾는 것은 그 사이를 잇는 전혀 다른 범주의 것이었다. 이런 거룩한 순례자의 길에서 고난받던 갸륵한 정신에게 신의 절대적인 진실을 보여준 것은 분명한 축복이었다. 신의 증표인 피눈물이 없을지 몰라도. 적어도 연은 그렇게 확신했다. 그 이후 언제부턴가, 연의 논문은 처음으로 반려되기 시작했다.

신의 증표, 피눈물, 훈장, 거스를 수 없는 미래. 이 모든 단어들은 우주 일식이라는 현상을 가리키는 단어다. 삼 년 전, 모험가 세 명이 빠르게 회전하는 블랙홀에 다가갔다. 이 용감무쌍한 탐험대는 블랙홀에 가까이 접근해서, 갑자기 모든 빛이 일시에 사라지는 우주 일식을 명확히 하는 정보를 얻고자 했다. 어느 '선'을 넘자 자신들이 어떤 힘에 이끌려 우주선의 제어를 잃었다는 사실을 감지했다. 탐험대 중 유일했던 엔지니어는 시공간과 함께 회전하고 있다는 사실을 알아차렸다. 이곳에선 빛도 감히 직진하지 못했다. 맹렬하게 회전하는 블랙홀이 자신 주위의 공간마저 찌그러뜨리며 회전하고 있었다.

  이들의 숭고한 희생은 어떤 정보도 남기지 못한 채 쓸쓸히 역사에서 지워질 뻔했지만, 엔지니어가 사건의 지평선을 넘기 직전, 밖으로 송출한 정보가 시공간을 가로질러 지구를 훑고 지나갔다. 무자비하게 빠른 속도로 자전하고 있는 블랙홀에서 무언가 기묘한 일이 벌어진다는 정보를 가져왔다. 이 구간에선 빛이 특수한 경로로 휘어지고 심지어 어떤 빛도 자신에게 도달하지 못한 것 같다고도 했다. 사람들을 가장 흥분하게 만든 소식은 이것이었다. 자신들이 사건의 지평선 전에 본 것은 인간의 언어로 표현하기엔 불가능한 어떤 정보들의 폭포였다고, 우리가 지금까지 찾아 헤매던 특이점을 장님이 손을 더듬어 코끼리를 판단하는 게 아닌, 정말 실재하는 현상으로 관측할 수 있다고. 이 소식은 모험대를 더욱 그 블랙홀에 모으는 효과를 가져왔다. 이들은 실증주의자였다. 자발적으로, 또는 타의적으로 자신의 몸을 던져 우주 일식을 경험하려고 했다. 더 이상 유능한 모험가를 잃기 싫었던 정부가 안전하게 관측할 수 있는 구조물을 짓고 있던 와중, 첫 축복의 대상자가 지구로 돌아왔다.

  그는 우주 일식이 발현될 때, 갑자기 눈을 뜰 수 없는 찬란한 광채와 함께 자신의 미래를 경험했다고 주장했다. 경험한 미래는 어떤 노력으로도 피할 수 없었다. 미래를 피하려는 노력이 결국 미래의 장면으로 이끈다고 했다. 가장 신기한 점은 이렇게 미래를 경험한 사람들에겐 특이한 징표가 나타난다는 것인데, 불규칙적으로 눈에서 피눈물이 흐르는 것이었다. 그건 신의 실재성을 보여주는 가장 강력한 물리적인 증표라고 그는 말했다. 그가 지나간 길에는 이런 기현상을 모두 과학으로 설명하는 사람도 뒤이어 등장했다. 이 곳은 누군가에게는 신의 발자국이 찍혀 있는 성지이면서, 또 다른 사람에게는 물리학이 붕괴하는 곳이 되었다.

  루키아와 휘 그리고 연은 여기서 처음 만났다고 알려져 있다. 하지만 수상한 점이 두 가지 있었는데, 첫번째로는 연과 루키아는 이 이후로도 연락을 계속 주고받으며 서로의 논문에도 이름을 올렸다는 사실이고, 두번째로 휘가 이 일에 대해서는 단 한 가지 말만 증언했다는 점이다.

그 둘은 서로 무슨 관계였을까? 육체 또는 정신만 탐한 사랑이었는지, 서로의 지식과 능력을 필요로 한 쌍무적 계약관계였는지 이제 우리는 알 수 없다. 오직 휘만이 "그 둘은 지구로 귀환한 후부터 비정상적인 관계"를 이어갔다고 했다. 하지만 왜 비정상적이라 표현했는지, 둘이 같이 있는 모습을 보는지 등의 구체적 질문에는 답변을 전부 거절했다.

중력은 근원적으로 작용 범위가 무한하다. 두 대상 사이 거리가 멀어질수록 급격하게 그 힘이 약해지지만 결코 0이 되지는 않는다. 질량이 있는 물체는 아무리 작고 가볍더라도, 그 존재는 온 우주에 영향력을 끼친다는 뜻이다…….

극악무도한 세 번째 죄인이 판도라의 상자에서 튀어나온 악몽이었다. 그 존재만으로 인간 세상을 혼란과 혼돈 속으로 빠뜨리는 자. 인간 정신에 천천히 잠식하는 역병이었다. 그 악몽을 튀어나오게 한 자, 판도라의 상자를 연 자는 바로 연이었다.

루키아와 연이 지구로 귀환한 후로 그들이 서로 대면으로 만나는 걸 직접 본 사람은 아무도 없었다. 그들은 오로지 서면, 편지, 또는 논문으로만 교류했다. 자신이 축복 받은 자임을 의심하지 않았던 연은 자신이 생각하고 행동하는 모든 것에 면죄부를 받았다. '아테네 학당'이거나 '사회 실험장'에서 자신이 흡수한 어떤 지식이든 세상에 발표했다. 연은 분명 새로운 세상을 밑바닥부터 건설하고 있었다. 그가 완전한 세계를 건축할 때 필요한 재료는 현실 세계에서 빌려왔다. 연의 세계가 완성될수록 현실 세계는 기초 벽돌을 강탈당해서 점점 위태롭게 흔들리고 있었다. 그는 마지막 벽돌을 고르고 있었다. 서로가 서로를 믿고, 진실만이 가득한 세계. 누구도 힘들이지 않고 간단하게 추론할 수 있는 체계를 위해선 자신이 경험한 절대성을 다른 누군가와도 공유할 수 있는 방식이 필요했다. 우선 자신과 같이 일단 축복을 받을 대상이 필요했다. 다섯 명의 죄인이 발탁됐다.

그는 실종되기 전 마지막 논문에서 이렇게 설명했다. "순수한 참을 타인에게 전달할 수 있는 방법은 없다. 내가 생각하고 표현하는 방식은 인간의 논리를 벗어날 수 없기 때문이다. 결국 그 순수성이 훼손된다. 논리 체계를 다시 세우기 위해서는 절대적 참을 공리로서 의심없이 받아들이는 사람이 있어야 한다. 나는 후속 연구를 통해 내가 받은 축복을 타인에게도 주입시킬 것이다. 죄를 저지른 사람 중 무작위로 다섯 명을 선택하겠다. 하필 이들인 이유는 간단하다. 이들이 신의 힘을 통해 '정화'된다면 비교군으로 더 큰 효과를 가져올 것이기 때문이다." 이 실험에서 살아돌아온 자는 세 번째 죄인이었다. 다섯 명 중 가장 죄질이 나쁜 자이자, 연의 '아테네 학당'의 제자였던 자.

연의 계획대로 이 자는 신의 축복을 맛보았고, 신의 증표를 받았다. 하지만 그가 가져온 소식은 온 인간 세상을 격변시켰다. 연은 현실 세계의 마지막 벽돌을 빼서 완전히 무너뜨리는 데 성공했다.

시공간의 균열은 그에게 안락한 미래 장면을 허락했다. 그 누구보다 평안하게 침대에 누워 모든 자식이 지켜보는 와중에 천수를 누리며 죽음을 맞이했다. 물론 죄인에게도 미래를 경험한 자의 흉터인 간헐적으로 피눈물이 흐르는 부작용은 발생했다. 하지만 그깟 상처는 충분히 감내할 수 있었다. 자신 인생은 축복받았기 때문이다. 지금까지의 행동과 미래의 행동은 변화돼야 할 이유가 전혀 없다. 지금껏 살아왔듯 그 흐름을 이어 나가면 이 세상에서 가장 행복하게 살아남을 텐데 왜 내가 변해야 하는가? 이 사건은 전 세계 종교계의 기본 교리를 뒤흔드는 참혹한 결과를 낳았다. 악을 저질러도 결국 심판받지 못한다면 어째서 우린 선하게 살아 나가야 하는가? 신학인들은 이 문제를 자신들의 교리에 어긋나지 않으면서도 현실을 최대한 설명함과 동시에 사람들을 선으로 이끌 수 있는 논리를 찾아내야만 했다. 종교계가 유례 없이 단합했다. 57일 후 연합회에서 제시한 논리는 간단명료했다. "이번 일은 신의 섭리와 관련이 전혀 없는 개별 사건"이라는 것이다.

그 자의 존재는 온 인간 세계를 조용히 집어삼키려 하고 있었다. 사람들은 더 이상 요동하지 않았다. 언제 그런 일이 있었냐는 듯 다시 자신의 일상을 살아가고, 웃고, 행복해하며, 때론 슬퍼하기도 했다. 그러나 다들 알고 있었다. 지금 우리가 하고 있는 행동이 저 존재를 아예 없앨 수는 없다는 것을. 그저 가려놓았을 뿐이고 다가오면 모른 척할 뿐이었다. 무너진 신념을 다시 세우자는 사람은 없었다. 다시 그런 주제로 이야기하는 사람은 없었다.

다른 인간들과는 반대로, 루키아는 있음이 아니라 없음에 공명했다. 연이 발생시키는 중력이 온 우주에서 말끔히 소멸됐다. 단순히 죽은 것이 아니다. 죽더라도 질량 자체는 우주에 남아서 그 힘을 발휘했어야 했다. 하지만 연의 존재는 누군가가 일부러 지워버린 것 같았다.

사회의 움직임과는 다르게, 루키아는 전혀 다른 곳을 보고 있었다. 사회가 어지러울수록 루키아는 자신이 어떤 일을 해야 하는지 더 명료해지는 것을 느꼈다. 운명이 루키아의 고개를 돌린 방향은 연이 있었던 위치와는 정반대였다. 하지만 운명이 수직선이 아니라 원형 구조물이었음을, 어디를 바라보든 연이 남긴 흔적을 지나칠 수 없음을 그때 당시의 루키아는 전혀 알 수 없었다.

나는 그의 모든 것을 사랑함으로써 육체와 정신이 서로 하나가 되었음을 느꼈다. 서로의 편지에서 우리는, 각자 쓴 논문은 서로의 짝을 찾아 헤메며 꿈틀거리는 벌레였다. 우리의 사랑은 그 속에서만 찾을 수 있다. …… 우리의 결실은 그리 늦지 않았다. 그저 신은 우리를 가지고 놀 뿐이라고 결론 내렸다. 우리가 어떻게 생각하고 행동하든 결코 움직이지 않는다. 우리는 그저 작은 게임이니까. 그는 신의 그런 면조차 인간이 익혀야 하는 것이라 했다. 나는 그보다 신을 죽이고, 우리가 그 위치에 올라가는 편이 낫다고 말했다.

루키아의 목적지는 한 섬이었다. 북해에 위치한 독일의 한 작은 섬, 2차 세계대전 이후 영국군에게 점령되어 폭격 연습장과 탄약 폐기장으로 사용되던 섬, 그리고 독일의 물리학자 하이젠베르크가 양자역학 최초의 수학적 체계를 이 주간의 요양 중에 고안해냈던 섬.
그 섬의 이름은 헬골란트이다.

우주 일식이라 칭하는 현상이 발생하는 블랙홀은 주

기적으로 비대칭적인 중력파로 추가적인 각운동량을 흡수하여 회전속도가 극단적으로 상승한다. 이때 주위 시공간이 블랙홀의 자전과 맞추어 강제로 회전하는 영역인 에르고 스피어의 영역은 커지고, 특이점을 가리고 있는 사건의 지평선은 감소한다. 충분히 지평선의 크기가 감소하면 우주의 모든 물리 법칙이 무너지는 특이점은 우주에 모습을 드러내며, 특이점에선 갇힌 무한한 정보가 쏟아져나온다. 이 정보와 공명하는 극히 일부의 대상이 미래를 경험하는 등 시공간 축이 비틀리는 사건을 겪게 된다.

헬골란트에 살고 있던 주민들은 루키아에 대해서 두 가지를 증언했다. 루키아는 처음 섬에 들어올 때 무엇인가를 급하게 쫓는 사람 같았다고, 그가 취하는 행동을 겉에서 볼 때는 여유롭고 친절했지만, 왼쪽 눈에선 공허를 추적하는 듯했다고 했다. 나머지 하나의 증언은 더욱 의미심장했다. 그가 섬에 온 순간부터 마을에 악몽이 설치기 시작했다고. 주민 모두가 이런 꿈을 꾸었다고 했다.

한 어린아이가 얼굴을 가린 채 절벽 위에서 춤을 추고 있었다. 손가락 끝은 하늘에 그림을 그리는 듯했고, 몸짓은 마치 중력을 초월한 듯 어떤 구속도 당하지 않았다. 인간의 자궁이 아닌 그 절벽 위에서 태어난 아이같이 춤추는 무대가 고향처럼 편안해 보였다. 꿈꾸는 자도 처음엔 불안해했으나 점차 그 춤에 자신의 마음도 안정됨을 느꼈다. 어린아이가 절벽에 삼켜질 듯 휘청거릴 때 꿈꾸는 자는 발을 내딛는다. 발이 다시 땅에 닿는 순간, 땅은 그 발을 움켜쥐었고 몸에서 뜯어갔다. 그는 놀란 나머지 반대편 발로 균형을 잡으려 했으나 그 발도 똑같은 과정을 거쳐 곧장 땅속으로 사라졌다. 고통의 울부짖음은 어린아이의 춤에 걸맞은 화려한 반주로 뒤바뀌었으며, 어린아이는 천천히 땅에 잡아먹히는 중인 그자에게 순식간에 다가왔다. 더 이상 두 사람이 가까워질 수 없을 때, 그 아이는 가렸던 얼굴을 보여주었다. 그것은 기괴하게 말라비틀어진 꿈꾸는 자의 얼굴이었다. 더 끔찍한 점은 이것이 꿈인 줄 깨달아도, 이 장면에서 결코 도망칠 수 없다는 사실이다. 유일한 탈출구는 이것이다. 그 얼굴이 자신을 대면하고 있을 때, 아이는 입을 머리 크기보다 크게 벌려 그자의 얼굴을 집어삼킨다. 입안에 태양, 달, 별, 행성, 시간, 공간 그리고 우주에 존재하는 모든 생명체와 물질이 있는 것을 목격하고 그것에 복종하며 북받치는 감정에서 짜낸 회개의 눈물을 흘리는 방법뿐이었다.

Ω 신은 죽었다

"더 이상 신은 필요 없다. 인간이면 충분하다." 루키아가 물리학을 저버리고 세운 '아크'라는 기업의 핵심 기치였다. 아크는 인간을 위한 새로운 세계를 만들고자 했다. 이 세상에 존재하는 인간을 불행하게 만드는 역병을 모두 물리치려고 했다. 이 세상 어떤 일이든 유능한 사람과 함께 일하면 두려워할 것이 없었다. 아크는 파격적인 대우를 약속했다. 인간을 쫓아낼 수 없는 새로운 낙원을 만든다는 기치는 명예를 꿈꾸는 인재를 매혹했고, 어느 기업의 어떤 직무보다 더 많은 보상으로 부를 약속해주었다. 아크는 필요한 인재를 모두 흡수했다. 휘는 그들 중 마지막에 들어왔으나, 가장 중요한 위치에 올랐다. 휘는 끝까지 학계에 자신을 던지겠다고 생각했었다. 루키아가 직접 설득하지 않았다면 휘는 분명 자기 특유의 지성으로 물리학계의 경계를 부술 수도 있었다. 루키아가 휘를 어떤 방식으로 구워삶았는지 전해지지 않지만, 결국엔 휘가 아크를 지휘했고, 심지어는 루키아의 마지막 여정에 큰 공헌을 했음을 보면 강제성이 있어 보이진 않았다.

루키아가 처음 퇴치하고자 한 역병은 노화였다. 고대부터 인간, 특히 권력자는 늙는 것을 기이할 정도로 두려워했다. 바빌론의 길가메시는 늙지 않기 위해 온 세상, 그리고 거기에서 벌어지는 온갖 역경을 다 거치고 하나의 풀뿌리를 찾아냈다. 그리고 그 노력의 결정체는 뱀에게 잡아먹혔다. 중국을 처음으로 통일한 진시황은 불로초를 원했다. 그는 수은이 자신의 마지막 꿈을 이루어줄 것이라 믿었다. 그러나 황제의 사인은 수은 중독이었다. 루키아는 달랐다. 그는 현재 상태를 유지하는 것은 불가능하다고 판단했다. 노화는 곧 성장이고, 이 흐름을 막을 생각은 없다. 억지로 지금 상태를 유지하다가는 암에 뒤덮일 수 있다. 그는 죽을 때가 되면 다시 세포를 갈아끼우는 홍해파리에 초점을 맞추었다.

홍해파리는 정상적으로 성장하고 늙는다. 하지만 주변 환경이 척박해지거나 노화로 더 이상 생존할 수 없게 된다면, 자기 몸을 정지시키고 새롭게 세포를 분화해 다시 어린아이로 생을 시작한다. 이 역분화 과정을 아크가 규명해냈다. 꽁꽁 싸매져 있던 리셋 과정은 컴퓨터의 무차별 논리 폭격을 버틸 재간이 없었고, 그 내용을 순순히 토해냈다. 하지만 자신의 몸을 완전히 세포 수준에서 새롭게 만드는 과정은 뇌세포에도 가해진다. 자신의 기억과 의식을 저장할 곳이 필요해졌다. 자신의 의식을 그대로 본뜬 '마인드'를 이진수로 데이터화했다. 저장소 간 의식 통신 기술도 완성했다. 의식 복원의 정확도는 99.3%였고 정부 정식 허가를 받았다. 0.7%의 불확실성은 기억의 까만 점으로 남게 된다. 어느 곳에 오류가 생길지는 가늠하지 못한다. 가장 심각한 경우엔 자신이 인간이었다는 사실을 잃어버릴 수도 있다.

아크는 인간을 더욱 완벽하게 만들기 위한 게릴라 작전을 펼쳤고, 루키아는 그 작전을 총괄하고 지휘하는 야전 사령관이었다. 한쪽에선 '인간이 누워 있던 요람을 부수고 걸어다니도록' 했다고 찬양받았다. 하지만 다른 쪽에선 '어머니가 부여한 요람을 깨려는' 행위 자체가 선을 넘었다고 비난했다. 비난하는 쪽의 선두 주자는 신학계였다. 마찰이 극에 달한 지점은 아크가 미래를 보기 위한 계획을 발표했을 때였다. 그동안 미래는 우주 일식이 일어나야만 신의 은총으로, 특별히 선택된 자만이 볼 수 있던 장면이었다. 그 장면을 인간만의 능력으로 볼 수 있게 한다는 말은 더 이상 신학계가 납득하기 어려웠다. 그들은 공식적인 서한을 아크에 보냈다. 거기에는 앞으로 무슨 연구를 하든 상관하지 않겠지만 우주 일식과 관련된 연구는 금지해달라는 내용이 담겨 있었다. 아크는 3개월간 응답하지 않았다. 다시 똑같은 내용으로 서한을 전송했을 때, 아크는 그 두 개의 탄원서의 포장을 뜯지도 않은 상태로 반송함으로써 그 대답을 대신했다.

루키아는 차근차근 인류의 난제를 벗겨냈지만, 하나의 단순한 명제에 갇혀 옴짝달싹할 수 없었다. 미래와 혼돈을 우리 논리 지배하에 놓을 수 있을까? 인간이 가진 연역적 논리는 전제가 참이라면 언제나 참인 결론을 내놓으며, 한번 증명되면 이는 전제를 건드리지 않는 이상 우주적 진리가 된다. 하지만 그 대가를 지불해야만 한다. 연역은 결정적이다. 이 무기는 과거만 볼 수 있다. 조합할 수 있는 정보에서 더 세밀한 정보를 뽑아냈을 뿐, 아예 새로운 정보는 연역으로 만들어낼 수 없다. 과거를 볼 수 있는 기계로 불확실성의 미래를 완전히 확정지으려 한다면, 그 논리 기계는 영원히 맴돈다.

  루키아의 불확실성에 대한 집착은 점차 커졌다. 이 문제를 해결하면, 인간 논리에서 불확실성을 제거한다면 앞으로 남은 인간을 향한 문제 해결은 누워서 떡 먹기, 손 안 대고 코 풀기였다. 루키아는 연역과 귀납을 한번에 끌어안는 새로운 체계를 밑바닥부터 세우고 싶었다. 하지만 이 인간의 근본적인 생각 원리에 다가갈수록 인간의 한계만을 절실히 느끼고 있었다. 정보를 확실히 결정하려고 하면 미래가 가려지고, 미래를 추론하자면 그 정보의 신뢰성은 언제나 와르르 뒤집히는, 간신히 현재를 버티고 있는 역피라미드처럼 변해갔다. 루키아는 양자역학의 불확정성 원리를 떠올렸다. 이분법적인 인간은 우주의 가장 미시적이고 기저에 깔린 작동 원리를 직관적으로 받아들일 수 없었다. 루키아는 이 점에 분노했다. 어째서 인간에게 논리를 주면서, 동시에 그 한계점을 낙인찍었는지. 이것이 신의 악독한 취미라고 생각했다. 언제나 자신의 피조물임을 깨닫게 하는 흉터다.

루키아는 자신만이 이 모순을 해결할 수 있는 존재로 여겼다. 자신이 처음 본 우주 일식에서 신의 간택을 받지 못했던 이유라고 생각했다. 그 장소에서 연을 만남으로써 자신은 간택받으면서 동시에 받지 못했다. 급기야 루키아는 이 주제와 관련 없는 모든 아크의 일을 믿을 만한 친구이자 동기인 휘에게 전부 일임했다. 연구소 꼭대기층을 전부 자신의 연구실로 바꾸었고, 그 출입 권한은 단 두 명에게 허락했다. 한 명은 자기 자신이었고, 다른 한 명은 이제부터 아크를 사실상 이끌어가는 휘었다.

아크 맨 위층이 통제구역이 된 이후부터 연구소 직원 사이에선 불가사의한 일이 벌어지기 시작했다. 루키아와 연관이 강할수록, 위층에 가까울수록 악몽을 주기적으로 꾼다는 것인데, 오래전 헬골란트의 주민을 공포에 빠뜨린 바로 그 꿈이었다.

다른 사람은 이 꿈의 원인을 알지 못했다. 그들에게는 완전 무작위적 사건이었다. 하지만 휘에게는 예측할 수 있었던 사건이었다. 휘는 맨 위층의 목적과 그 안에서 일어나고 있는 위험한 폭주라는 변수를 알고 있기 때문이다. 오직 휘만이 이 순진한 어린아이의 불장난에 제동을 가할 수 있었다. 휘는 기계 하나를 제작한 다음 출입 허가를 받고 루키아에게 다가갔다. 루키아에게 기계가 전달됐다. 무한 정보 포집기였다.

루키아를 보면 모든 통로를 닫고 혼자 연구하는 사람의 편견을 깰 수 있다. 루키아의 외모는 언제나 정갈했다. 옷매무새는 방금 세탁소에서 가져온 듯 깔끔했고, 소매에서는 언제나 좋은 향기가 뿜어져나왔다. 치밀한 외부처럼 인성도 여타 다른 인간처럼 올바르다. 루키아는 휘를 언제나 반갑게 맞이해주었다. 휘의 선물을 받았을 때는 자신을 위한 흥미로운 장난감을 받은 어린아이처럼 기뻐했다. 이 기계가 무엇이냐고 루키아가 물었을 때, 휘는 무겁게 입을 열었다. 영국의 수학자이자 컴퓨터 과학자인 튜링이 증명해낸 정지 문제를 실제로 구현한 기계라고 설명했다. 자신의 신탁을 결정하기 위해 무한의 정보를 받아들이며 계산하는 기계를 보며 마음의 안정을 찾으라는 말을 덧붙였다. 이 말을 들었을 때, 루키아는 거짓말임을 바로 깨달았다. 정지 문제로 마음의 안정 따위는 찾을 수 없다.

정지 문제에서는 인간의 연역적 형식 논리를 모사하는 기계가 절대 풀 수 없는 문제가 있음을 증명했다. 어떤 프로그램이 정상적으로 결론을 도출할지, 결론을 내지 못하고 영원히 계산에 갇히는지 미래를 판단할 수 있는 신탁 프로그램은 존재할 수 없다. 만약 신탁 프로그램이 존재한다고 가정한다면, 그 입력으로 자기 자신을 되먹일 때, 신탁이 자기를 신탁하는 과정은 어떤 결론도 모순으로 귀결시킨다. 형식 논리로는 미래를 바라볼 수 없다는 한계를 주지시킨다.

증명의 힘은 수학자 칸토어가 개발한 대각선 논법에 기대고 있다. 무한에는 인간이 셀 수 있는 가산 집합과 셀 수 없이 많은 불가산 집합이 있다. 대표적인 가산 집합은 모든 자연수, 불가산 집합은 0과 1 사이의 모든 실수이다. 이 논법은 0과 1 사이의 모든 실수의 개수가 인간이 상상할 수 있는 가장 큰 자연수 개수보다 많다고 말하고 있다. 인간이 상상하는 가장 큰 지식을 천하에 뽐내도, 그 힘은 신의 집합에서 끝장낼 수 있다. 신의 지식은 인간이 감히 어찌해볼 수가 없음을 보여줬다. 헝가리의 수학자인 에르되시 팔은 이 증명에 감탄하여 '하느님이 가지고 있는 책'에 수록될 것이라 불렀다. 하느님의 증명을 만들어낸 칸토어는 정신병원을 들락거리는 신세였고, 그 병원에서 생을 마감했다.

루키아는 휘가 자신에게 준 모욕감을 참을 수 없었다. 이 기계에서 꿈을 포기하라는 휘의 조롱을 들었다. 휘가 완전하게 통제 구역을 빠져나간 것을 확인한 뒤에, 무언가 깨지는 소리가 연속적으로 났고, 정체를 알 수 없는 고함이 두어 번 들렸다. 루키아는 그날 밤에 연구소를 빠져나갔다. 루키아는 계속해서 곱씹었다. 왜 사람들은 자신의 이상에 동조하지 않는지 도무지 이해할 수가 없었다. 하물며 휘마저 그랬다는 사실은 인생이 부정당하는 느낌을 들게 했다. 그는 애꿎은 돌덩어리만 차면서 분풀이하고 있었다. 돌덩어리를 세 번째로, 오른발로 세게 찬 순간, 그 돌은 눈앞에서 사라졌다. 어디로 사라졌는지 어리둥절하기도 전에 어떤 돌이 자신의 왼발 뒤꿈치를 강타했다. 방금 오른발로 찼던 돌, 혹은 그 돌과 매우 닮은 돌이 자신의 왼발 뒤에 맞고 굴러가고 있었다. 루키아는 자신이 연구소로부터 반대로 걸어가는 중이란 것을 알아차렸다. 급하게 주위를 둘러봤지만, 주위는 자신 말고는 너무나도 평온했다. 들짐승과 날짐승, 하늘과 바다 그리고 땅 모두가 자신의 길을 정상적으로 따라가고 있었다. 몇 걸음 더 걷자, 자신이 어떤 상황에 부닥쳤는지 깨달았다. '무작위' 시간에서 자신 주위의 공간이 '무작위'로 전환되고 있었다. 자신은 시공간 축에서 뜯겨나가 정처 없이 떠도는 불쌍한 영혼이었다. 변환되는 과정에서 루키아는 어떤 규칙성도 찾아낼 수 없었다. 단지 걸으면서 변환이 일어나지 않기를, 또는 변환의 결과가 우연히 연구소로 향하는 길이기를 바랐다. 루키아는 왜 자신에게 이런 일이 갑자기 일어났는지 몰라 두려워했다. 무작위 변환이 세 번째 일어났을 때, 열 발짝 앞에 두 명의 인간이 모여서 어떤 작업에 몰두하는 공간으로 루키아가 이끌렸다. 유일하게 시공간에서 고정된 두 인간을 보자 달려가고 싶었으나, 또 언제 이 공간에서 추방될지 몰랐기에 조금씩 앞으로 나갔다. 세 발짝 이내로 들어왔을 때야 그 둘이 무슨 일을 하고 있는지 이해할 수 있었다.

그들은 게임을 하고 있었다. P&P라는 이름을 가진 일종의 보드게임으로, 미로 찾기의 확장판으로 개발되었다. 고대의 미로 찾기 게임은 2차원 평면 미로에서 시작점과 끝점을 이어줄 수 있는 하나의 경로를 찾으면 승리한다. 하지만 P&P 게임은 이 두 가지 규칙을 더 어렵게 꼬았다. 플레이어는 미로를 N차원 지도로 확장할 수 있으며, 미로는 숨겨진 변환 규칙에 의해서 무한히 생성된다. 문제로 출제된 무한 개의 미로를 일관적으로 해결할 수 있는 경로 규칙을 먼저 찾아내는 참가자가 승리한다. 따라서 단 하나의 미로에만 적용되는 탈출 경로를 보이는 것만으로는 승리할 수 없다. 숨겨진 변환 규칙을 미로와 출발점, 도착점 정보에만 의존해서 찾아낸 다음, 그 경로를 증명해야 한다.

하지만 특이하게도 이 두 명은 2차원 미로로 승부를 겨루고 있던 중이었다. 보통 2차원 미로는 고대부터 너무 많이 풀려왔기 때문에 P&P로 굳이 시도하는 사람은 드물었다. 이 게임에 익숙해지기 위한 어린이거나, 옛 향수를 잊지 못한 노년층이 주로 하지, 이런 청년들이 평면에서 놀고 있는 장면은 흔히 볼 수 없었다. 루키아는 이 둘에게 도움을 청하려던 그때, 진행되고 있는 게임에 모순이 있음을 깨달았다. 변환 규칙이 2차원에선 벌어질 수 없는 현상이었고, 더욱이 2차원 미로 정보로 게임을 하는 중인 참가자가 깨닫기에는 더욱 불가능했다. 마치 땅에 붙어 사는 개미는 3차원의 새가 날아다니며 땅에 찍는 발자국의 이동 경로를 2차원 지식으로는 설명할 수 없는 것과 같았다. 이 게임은 끝을 낼 수 없는 무한의 고리에 갇힌 셈이었다. 이 둘은 게임에 너무 열중하고 있었으며 눈에는 생기가 넘쳐 주변 이야기는 듣지 않았다. 루키아는 우선 게임 규칙을 수정해서 게임을 끝내고 도움을 청하려 했다.

하지만 안타깝게도 루키아의 게임 간섭은 두 참가자를 구원하지 못했다.

게임 규칙을 올바르게 구성하자 참가자 두 명은 순식간에 풀어냈다. 정확히 동시에 풀어내서 P&P 기계에 의해 무승부로 판정됐다. 그 둘은 눈도 깜빡이지 않고, 숨 쉴 틈도 없이 승부를 내기 위해 다음 판을 진행했다. 다음 2차원 미로가 등장하자 이번에도 어떤 오차도 없이 그 두 명은 동시에 규칙을 말했고 또다시 무승부로 판정됐다. 루키아는 당황했다. 이 승부는 다른 면에서 무한히 진행될 터였다. 그 두 명의 플레이어는 더 이상 게임을 하는 입장이 아니었다. P&P 기계가 그 두 명을 완전히 조종하고 있었다. 참가자는 새로운 규칙을 자유롭게 만들어내지 못했다. 모든 규칙과 미래는 결정됐으며 이들은 그 규칙을 시행하는 하나의 기계일 뿐이었다. 루키아가 다시 그 현장을 바라보았을 때는 너무 놀라서 그 자리에 주저앉았다. 이제 참가자에게는 더 이상 생명력과 자유는 찾아볼 수 없었다. 태엽을 돌려서 동작시키는 태엽 인형처럼, 1초에 1초를 가야 하는 시계처럼 운명의 노예가 됐으며 그 동작은 점점 빨라져 도저히 주체할 수가 없었다. 무한히 빨라지고 있는 그 게임 참가자에는 더 이상 미래가 존재하지 않았다. 그 눈에는 과거와 미래라는 범주는 사라졌다. 그저 수행했던 경험이냐, 수행할 경험이냐만 있었다. 이제 네 개의 눈이 소름 끼치는 끼익 소리를 내며 향한 곳은 P&P 기계가 아닌 루키아였고, 그 눈에서 피눈물이 흐르고 있었다.

두 명이 게임에 참여했던 이유인 풀 수 있다는 희망은, 결정된 단순한 권태에 의해서 완전히 말소됐다. 그 눈빛은 루키아의 눈을 지나쳐 뇌신경에 꽂히는 듯했다. 그것에 의해 루키아는 공허에 대못으로 박제되어 머리가 매달려버렸다. 생명력이 사그라든 눈빛은 원망, 비난, 자유를 뺏기고 미래에 목줄이 채워진 종속 기계의 숙명을 보여줬다.

두 명과 게임 기계는 자기의 가속되는 속도를 이기지 못하고 바스러지기 시작했다. 그 조각들은 점점 그 형체를 잃고 무형의 정보로 치환되기 시작했다. 모든 물질이 완전히 사라지고 완전한 정보로 변환됐을 때, 루키아가 할 수 있던 것은 연구소로 곧장 달려가는 것뿐이었다. 이제 무작위로 변환되는 주변의 시공간은 더 이상 신경쓸 수 없었다. 루키아의 숨이 헐떡거리고 긴장이 깊어질수록 변환은 거칠게, 그리고 더 빠르게 일어났다. 방금 본 상황이 자신의 환각인지 아니면 정말 실제로 벌어진 물리적 현상인지는 중요하지 않았다. 루키아를 따라온 정보는 자신이 처음으로 규명한 우주 일식에서 발생하는 시공간 균열과 정합적으로 일치하는 모양이었다. 루키아 주변을 돌던 정보들은 한순간 빛을 내며 폭발했다. 그와 동시에 루키아는 다시 정상적으로 시공간에 붙들렸다. 남은 빛 조각들은 회전하는 블랙홀 방향을 가리키며 우주로 흩어지고 있었다.

루키아가 연구소로 무사히 돌아왔을 때, 그가 급하게 챙긴 것은 휘가 인간의 한계를 인식하라고 준 무의미한 계산 기계였다. 인간의 형식 논리 그 자체를 모사하고 있는 기계는 자신의 상태를 결정하기 위한 무한 재귀적 계산을 여전히 진행하고 있었다. 루키아는 깨달았다. 인간의 이해가 통하는 일반적인 우주 상태에선 이 기계는 절대 결과를 낼 수 없지만, 무한 정보가 소나기처럼 쏟아져내리는 그 곳, 일식의 심장에선 신의 지식을 해석할 수 있는 용도로 쓰일 수 있다. 우주기상예보대에서 일식이 곧 발생한다는 전망을 공표하기 하루 전, 통제됐던 아크 연구소의 맨 위층은 아무 일도 없었던 것처럼 아주 말끔하게 정리됐다. 모든 것은 다시 제자리로 돌아와 있었다. 루키아와 무한 정보 포집기만 빼고.

루키아의 여정은 정부가 설정한 관측 제한 구역도 막을 수 없었다. 루키아는 알고 있었다. 무한히 뿜어져 나오는 우주적 진리를 담아내기 위해선 일식을 경험할 수 있는 에르고 스피어는 부족하다는 사실을. 단순히 자신이 필요한 단편적인 정보와 공명하기 위해서는 굳이 특이점까지 다가갈 필요 없다. 그렇지 않다면 태양을 동경한 이카루스처럼 불에 타고 추락할 뿐이다.

에르고 스피어 영역이 점점 커지고 있었다. 그와 동시에 특이점을 가리고 있던 사건의 지평선은 그 크기를 잃어갔다. 루키아의 오른손에 들려 있는 무한 정보 포집기가 이따금 YES, 또는 NO라는 답을 출력했다. 처음에는 1초도 안 되는 시간 동안만 답을 출력했다가 다시 계산을 진행했다. 검은 심장에 가까워질수록 포집기의 결론은 점점 더 오랜 시간 동안 출력했고, YES, NO 답은 안정을 찾아갔다.

무한 기계의 계산과 동시에 루키아도 직감적으로 느

낄 수 있었다. 자신 앞에 같은 우주선을 타고 무모하게 돌진하고 있는 루키아를 보았다. 루키아는 그 형상이 이미 지나갔던 경로를 벗어날 수 없었다. 뒤에도 루키아가 자신이 지나갔던 경로를 따라오고 있었다. 이 형상은 눈앞에서 생겼다가 사라짐을 반복했는데, 무한 기계가 계산 결과를 내놓는 삑삑 소리와 주기가 정확히 일치했다. 포집기가 점점 더 자신만만하게 동작하면, 형상은 더 선명하게 보였고, 자유롭게 움직이는 범위가 점점 좁아졌다. 미래 형상을 벗어나는 움직임은 근본적으로 불가능했다. 미래가 점점 세분되고 자신의 코 앞까지 다가왔을 때는 루키아는 앞, 뒤 자신에 의해서 모든 움직임이 봉쇄당했다. 눈꺼풀이 열고 닫히는 주기, 호흡하려는 횡격막의 움직임, 번쩍이는 생각, 그리고 생각하는 자신을 생각하는 일 모든 곳에서 자신의 의지는 어디에도 없었다. 추락 중인 영혼 속에서 무엇인가 깨지고 축출되는 느낌을 받았다. 뻥 뚫려버린 구멍은 영혼에서 자유의지가 거세되고 남은 흉터였다. 그리고 그 안에서 새어나오는 것은 루키아의 몸에서 가장 위에 있는 구멍으로 배출되었다. 루키아는 피눈물을 흘리고 있었다.

루키아는 신에게 불경스럽게 도전했던 인간의 비참한 최후로 이 상황이 합당하다고 생각했다. 하지만 징그럽게 꿈틀거리는 특이점에 충돌하자 루키아는 모든 속박에서 해제됐고, 동시에 구원받았다.

무한한 정보를 내뿜고 있었던 특이점은 인간이 숭배하던 신이 아니었다. 우리 우주를 정상적으로 운영할 때 필요한 함수와 정보, 혹은 이들을 조작하는 매개변수의 집합이었다. 만약 신이 우리 우주를 관장하고 있다면, 이 특이점은 신이 우주를 운영하고 구현하는 데 필요한 지식의 아주 단편적인 면이었다. 특이점에는 우주의 시작과 끝을 규정하는 데 필요한 정보가 자동차 기어처럼 완벽하게 서로 맞물려서 돌아가고 있었다. 기어의 흔들림이 시공간을 움직이고 있었다. 움직이는 기어의 소리에 우주를 운영하는 신의 의도가 담겨 있었다. 특이점이 노출되는 상황에서는 기어의 소리, 혹은 움직임의 아주 일부가 우주에 새어나온다. 인간은 정보의 편린을 신이라고 오해했다. 반면, 특이점을 마주한 루키아는 우주 기어에 새겨진 모든 정보를 받아들인다.

만약 루키아는 원하지 않았더라도, 강제로 쑤셔 집어넣어졌을 것이다. 루키아가 경험한 신의 지식의 아주 일부분만으로도 루키아는 인간의 논리를 초월했다.

부피는 없으나 질량이 무한대인 특이점을,
0과 1 사이의 모든 실수를,
인간이 불완전한 이유를,
마지막으로 그 속에 담긴 신의 배려를 깨달았다.

신은 인간을 자유롭게 만들고 싶었다. 인간이 세상을 이해하는 범위에 넘을 수 없는 한계를 부여했다. 미래를 보여주지 않음으로써, 불확실성을 우주에 남겨둠으로써, 선과 악을 이 세상에 만듦으로써 인간에게 자유를 부여했다. 불확실한 미래를 고민하는 과정에서 인간은 희망을 품는다. 선과 악이 공존해야 인간은 선을 더 명확히 이해하고, 자신의 의지로 선을 선택할 수 있다. 그리고 이 모든 사실을 인간이 닿을 수 없는 선반에 놓았다. 불확실하고 이해할 수 없는 세상에서 고통받는 모든 인간은 이미 자유라는 신의 배려를 받고 있던 것이다. 루키아가 지금 흘리고 있는 눈물은 자유의지의 결손에 의한 피눈물도, 의문을 해결한 감격의 눈물도 아니다. 우주 법칙과 이를 작동하게 하는 무한한 정보에 복종하며 흘리는 진정한 회개의 눈물이다.

신의 의도를 깨달은 루키아는 더 이상 인간으로서 존재하지 못한다. 인간은 신의 지식을, 이 우주를 이해하기 위해 태어나지 않았기 때문이다. 루키아는 물리적 육체에서 순수한 정보로 서서히 붕괴하고 있었다. 신의 지식은 원칙상 우주 밖으로 빠져나올 수 없다. 루키아에 대한 모든 정보는 이 특이점, 매개변수 집합에 미시적 정보로 추가되고 우리 우주에서 영원히 검열될 것이다.

작가노트

 판도라의 상자 이야기에서부터 시작된 궁금증. 판도라가 금기를 어기고 열어버린 상자에서 각종 저주가 뛰쳐나왔다. 급하게 판도라가 상자를 닫았을 때, 나오려던 희망만이 상자에 다시 갇혔고, 인간 세상에 퍼진 재앙에도 희망을 잃지 않고 살아갈 수 있다며 끝난다. 난 이 결말 부분이 이상했다. 어째서 희망만 상자에 갇혀도 그 효력을 발휘한단 말인가?

 사실 마지막 재앙은 미래를 완전히 아는 능력이었고, 이것이 빠져나오지 못한 덕에 우린 미래를 알지 못하게 됐던 것이다. 이런 이유로 인간이 희망을 가지고 살 수 있다는 해석을 봤다. 이 해석이 무척 특이했다. 희망과 인간의 자유의지에 관한 논증인 '악의 문제'와 연결지을 수 있을 것 같았다. 하지만 자유의지, 선과 악, 그리고 희망. 이런 단편적인 개념만 머릿속에 둥둥 떠다니고 있었고, 하나로 이어지는 경로, 즉 이야기를 찾지는 못했다.

프랑스 예술가 폴 고갱은 이런 글을 남겼다. "우리는 어디서 왔고, 우리는 무엇이며, 우리는 어디로 가는가" 고갱이 이 구절을 써내려갈 때, 어떤 생각을 했을까? 그는 스스로 답을 내렸을까? 나는 계속해서 어떤 답을 찾고자 했는지 몰라도, 고갱이 던진 물음에서 하나의 반짝임을 봤다. 그는 내게 내 이야기의 새로운 지시등을 보여줬다. 과거, 현재, 미래까지 인간을 현혹하는 불빛을 보여줬다. 남들보다 더 많이 아는 것, 자연을 이해하는 것, 불규칙에서 규칙을 보는 것, 또는 호기심.

이전까지 쓰고 있었던 다른 버전의 초안들은 전부 치웠다. 적지 않은 시간을 할애해서 만들었던 분량이었지만, 이상하게 아쉽지는 않았다. 아무도 없는 공간에서 다시 키보드를 두드리기 시작했다.

루키아는 그 곳에서 태어났다.

이 이야기를 제출하기까지 많은 위기가 있었다. 더 이상의 이야기가 생각나지 않을 때도 있었고, 분량 조절에 실패하기도 했다. 내 이야기에서 스스로 길을 잃은 적도 있었지만, 가장 이겨내기 힘들었던 위기는 바로 비교였다. 이미 세상에 나온, 빼어나게 잘 쓰인 다른 작품들과의 비교. 소설을 쓰면서 여러 작품을 많이 읽게 됐다. 그렇게 많이 읽으니, 내가 뱉고 있는 문장들이 훨씬 형편없게 느껴졌다. 물론 내가 생각하는 건 나의 초고이고, 우리가 책으로 보는 내용은 퇴고를 거쳤기 때문에 차이가 있을 수밖에 없다. 하지만 어째서? 어떤 글은 왜 감명 깊고, 감정을 움직일까? 문장의 구조 때문인가, 알고 있는 어휘력의 차이 때문인가? 서사의 구조와 계층 문제? 세심한 인물과 풍경 묘사 때문인가? 머리가 너무 복잡했다. 기분을 환기시키기 위해 살 책은 없지만 서점에 가서 다른 책들을 뒤적이고 있던 와중이었다.

단 한 문장이었다. 단 한 줄. 심장을 두드렸다. 아주 이상한 경험이자, 처음 느껴본 경험이었다. 그전까지 소설을 읽는다는 것은 일렬로 서 있는 문장들을 하나씩 나에게 입력하는 방식이었다. 이러니까, 이래서, 그렇구

나. 이런 식이었다. 내가 직접 소설을 써보려고 하니 내가 직접 서사의 구조, 계층 문제, 인물과 풍경 묘사, 문장의 위치를 전부 고려해야 했다. 스스로 싸우며 견뎌왔던 것이 아름다움을 느낄 수 있게 하는 훈련이 됐다. 소설 전체가 아름다움을 향해 쌓아 올려졌다는 것과, 소설가의 치열했던 노력을, 내가 노력해서야 볼 수 있게 됐다.

  그 후로 글을 쓰는 이유가 조금 바뀌었다. 글 속에서 아름다움을 느끼고 싶다. 내가 그런 글을 쓸 수 있다면 더 좋겠지만, 아직 잘 모르겠다. 아름다움을 말로, 언어로 딱 맞게 정의하는 것이 가능할까? 정의조차 불가능할지도 모른다. 하지만 경험은 할 수 있는 것 같다. 그것이 어떻게 생기는지는 몰라도, 있다는 건 알 수 있고, 또 느끼고 싶다. 앞으로 나는 아름다움을 추구하는 사람이 되고 싶다. 그래서 계속해서 공부하고, 글을 쓴다. 아름다운 글은 누군가의 인생을 바꾸는 작은 회전이 될 수 있으니까.

인터뷰

사건의 지평선 안에서 나누는 대화

황예인(문학평론가)

황예인   우리도 소설의 첫 장면처럼 시작해볼까요? 놀라운 성과를 이룬 젊은 과학자를 위한 FL상 시상식 현장, 수상자인 루키아는 정작 "물리학에 흥미를 완전히 잃었다"는 소감을 전하며 분위기를 단숨에 뒤흔듭니다. 지난봄, 실제로 포스텍 SF 어워드 시상식이 열리기도 했죠. 만약 지금 이 자리에서, 그때와는 조금 다르게 대상 수상 소감을 다시 말할 수 있다면, 어떤 이야기를 들려주고 싶으신가요?

박건률   다시 한번의 기회가 주어지더라도 기본적인 방향은 비슷할 것 같습니다. 제가 했던 소감에서 딱 두 가지를 더하고 싶습니다. 먼저 역경 속에서 폭발적인 성장이 있었다는 말을 하고 싶습니다. 수상 이후로도 과제나 인턴 활동을 했는데, 소설을 쓸 때도 포함해서 무언가 막히고, 정체되고, 이해할 수 없는 상황에 도달할 때가 있습니다. 그 부분을 피하지 않고 계속해서 생각하고 도전했을 때 강하게 성장했습니다. 그 당시에는 정체된 것처럼 보이지만 결과물이 없다뿐이지 내적으로 실력이 분명 바뀌었음을 나중에 깨달을 수 있었습니다.

두 번째로는 같이 수상했던 두 작가님에게 하고 싶은 말이 있습니다. 계속해서 글을 쓰고, 같이 성장해나가는 모습을 같이 보고 싶습니다. 두 작가님의 팬으로서 계속 글을 읽고 싶습니다.

황   저에게 이 소설은 '우주 일식'에 홀린 사람들의 이야기로 다가왔습니다. 블랙홀에 근접할 때 돌연 모든 빛이 사라지는 순간이요. 그때 사람들은 "눈을 뜰 수 없는 찬란한 광채와 함께 자신의 미래를 경험"하게 된다고 설명하는데요. 그 장면은, 운이 좋다면 먼 미래에 실제로 체험할 수 있을 어떤 현장처럼도 느껴지고,

깜빡 잠든 사이 스쳐가는 섬광 같은 꿈처럼도 느껴집니다. 이처럼 우주적 이미지와 미래에 대한 환상을 결합한 장면을 어떻게 떠올리게 되셨나요?

박 물리학에서 블랙홀의 사건의 지평선 안쪽은 우리가 사는 세계와 완전히 단절된다고 합니다. 물리학적인 정보가 서로 오갈 수 없으므로, 그 안의 세계는 전혀 다른 방식으로 움직인다고 상상해도 문제가 없습니다. 우리가 일반적으로 보는 세계에선 공간상으로 자유롭게 움직이지만, 시간축으로, 그러니까 과거, 현재, 미래를 오갈 수는 없죠. 블랙홀 안의 세계에선 정반대로 움직인다고 생각해볼까요? 공간으로는 움직일 수 없지만, 마음대로 시간을 왔다갔다할 수 있다면 인간은 그 세계를 어떻게 이해할 수 있을까요?

물리학이 붕괴하는 곳, 블랙홀의 사건의 지평선 안쪽에서 시간을 마음대로 조정할 수 있다면, 마치 생사부(生死簿)를 찾아보는 것 같다고 느껴졌습니다. 우주를 운영하기 위해 꼭 필요한 정보지만 누구나 함부로 접근해서는 안 되기 때문에 고의적으로 검열했던 것입니다.

마치 《서유기》의 손오공이 생사부에 적힌 자신의 날짜와 이름을 지워버려 불사의 몸이 된 것처럼, 이런 질서를 깨뜨리는 일을 막기 위해서.

인간의 호기심과 희망은 고정된 미래와 어떤 관계일까요? 모르는 게 약이라는 말과 같이 자신의 미래를 전부 안다면 희망과 호기심은 없어지는 걸까요? 기껏 숨겨둔 미래 정보가 실수, 혹은 고의로 누출되는 상황에서 인간은 어떤 선택을 할 수 있을지를 이야기하고 싶었습니다. 생사부에서 미래를 전부 적어둔 책이라는 이미지를 얻었고, 그걸 열람할 수 있는 공간으로 블랙홀의 특이점을 선택했습니다.

황   바로 그 우주 일식의 순간, 루키아·연·휘, 세 인물이 만납니다. 그중 루키아와 연의 관계에 대해 화자는 이렇게 말하죠. "그 둘은 서로 무슨 관계였을까? 육체 또는 정신만 탐한 사랑이었는지, 서로의 지식과 능력을 필요로한 쌍무적 계약관계였는지 이제 우리는 알 수 없다." 또 휘의 말을 빌려 "그 둘은 지구로 귀환한 후부터 비정상적인 관계였다"고도 설명합니다. 저뿐만 아니라, 독자라면 누구나 이렇게 생각했을 것 같아요. 도대체 두 사람은 어떤 관계일까? 당장 둘의 서사를 더 따라가고 싶어지는데, 정작 직접적인 만남은 등장하지 않죠. 분명히 의도된 부재라는 인상을 받았는데요. 왜 이 둘의 접촉은 철저히 지워져야 했나요?

박 무엇인가 검열됐다는 인상을 주고 싶었습니다. 소설은 옛날에 루키아라는 사람이 있었고, 이런 사람이 어떤 행동을 했다더라는 한 인물의 전기입니다. 하지만 입에서 입으로 내려온 이야기로 생각했습니다. 그래서 어딘가 부족하고 뻥 뚫린 부분이 있었으면 좋겠다고 생각했습니다. 또는 우리의 《콩쥐 팥쥐》 이야기처럼 검열당했을 수도 있습니다. 팥쥐가 고문당하고 거열형을 당해 젓갈로 만들어져 팥쥐 엄마에게 전해졌다는 결말은 어린아이가 보기엔 너무나 잔혹하고, 교훈이 될 수도 없습니다. 어린아이에게 전해줄 때는 이 부분이 적절히 검열당했습니다. 루키아의 이야기가 검열당한 이유는, 구전으로 내려와서일 수도, 신에게 검열당했을 수도 있지만, 엽기성과 잔혹성 때문에 철저히 인간에 의해 지워졌을 수도 있습니다.

황　물론 그런 부재 속에서도 흔적은 남아 있습니다. 도입부의 수상 소감과 섞여 있는, 루키아와 연의 대화로 추정되는 대사, 시상식 바로 다음 장면에 나오는 "서로의 모든 것"을 건 내기에 대한 이야기, 루키아와 연의 관계를 은유한 듯한, 은근히 낭만적으로 느껴지는 중력에 대한 설명("두 대상 사이 거리가 멀어질수록 급격하게 그 힘이 약해지지만 결코 0이 되지는 않는다"), 그리고 루키아의 직접적인 회고("각자 쓴 논문은 서로의 짝을 찾아 헤매며 꿈틀거리는 벌레였다. 우리의 사랑은 그 속에서만 찾을 수 있다")처럼요. 저는 이 흔적을 따라가며, 지워진 관계를 쫓는 행위 자체가 하나의 독법일 수 있겠구나 생각했는데요. 보이지 않음으로써 더 강하게 각인되는 서사, 그런 구조를 설계하며 어떤 효과를 기대하셨는지 궁금합니다.

박　위 세 번째 답과 비슷하네요. 일단 위의 효과를 제일로 생각했습니다. 그리고 사이사이에 두 사람의 관계에 대한 이야기를 조금씩 넣어서 자신이 원하는 내용으로 맞추어서 읽어나갔으면 더 좋았을 것 같습니다. 중간점만 찍어두고, 그 사이를 각자만의 경험을 바탕으로한 경로로 그려나가면서, 자신이 다른사람에게 이야기를 해줄 때, 새로운 화자가 되기를 상상했습니다.

황 소설 전체를 관통하는 주인공 루키아의 목표로 질문을 가져와볼게요. 그는 "미래와 혼돈을 우리 논리 지배하에 놓을 수 있을까?"라고 물으며, 이를 풀기 위해 온몸을 내던지는 인물입니다. 그는 불확실성을 통제하려는 시도 끝에 마침내 수용하기에 이르죠. 그런데 어떤 독자에게는 루키아의 이 강박적인 탐구가 낯설게 다가올 수도 있을 것 같아요. 특히 '논리'보다 '체험'을, '확신'보다 '여백'을 신뢰하는 독자라면요. 이를테면, 이런 태도 있잖아요. '살다 보면 알게 되겠지. 아는 것과 겪는 것은 다른 문제니까.' 루키아라는 인물은 왜 그런 방식으로 이 세계를 건드려야 했을까요? 그가 택한 이 치열한 질문의 방식이 작가님에게 어떤 의미를 가지는지 궁금합니다.

박   무작위에서 규칙을 찾아내고 싶어하는 인간의 욕구와 호기심을 시험해보고 싶었습니다. 인간이 자신의 능력으로 규명하거나 이해할 수 없는 사건을 마주치면 으레 두려움에 빠집니다. 자신이 현 상황을 완전히 통제하지 못한다는 두려움이죠. 이 간극을 메우기 위해 무작위라는 단어를 만들었습니다. 규칙이 성립하지 않는 무작위적 일들은 인간이 자연을 깨달아가며 점점 줄어들었습니다. 고대에는 번개가 내리치는 곳이 무작위였습니다. 우리가 전자기학을 세우고서는 번개를 피뢰침으로 통제할 수 있게 됐습니다. 역병의 발생과 전파는 무작위적 신의 징벌로 여겨졌지만, 생물학이 병원균을 찾아냄으로써 전염은 인간이 통제할 수 있게 됐습니다. 그렇다면 우리는 결국 이 세상의 베일을 전부 걷어내고 우주를 완전히 통제할 수 있을까요? 인간의 논리로 우주의 작동 원리를 설명할 수 있을까요?

루키아의 세계에선 블랙홀 주변에서 기이한 일이 발생합니다. 우리가 규칙을 규명하지 못하는 무작위적 사건을 계속해서 던져줍니다. 급기야 미래를 확정지으면서 호기심마저 앗아가기도 합니다. 지금까지 밝혀진 바로는 블랙홀 내부는 우리의 규칙으로는 규명할 수 없습니다. 그렇다면 인간은 여기에 만족할까요? 받아들일 수도 있고, 초자연적인 대상으로 그 현상을 누를 수도 있고, 호기심과 규칙을 찾으려는 욕구를 빼앗기지 않으려는 몸부림을 칠 수도 있겠지요.

황 이 소설을 읽는 동안 저에게는 유독 이런 표현이 인상적이었어요. "그가 가져온 소식은 온 인간 세상을 격변시켰다. 연은 현실 세계의 마지막 벽돌을 빼서 완전히 무너뜨리는 데는 성공했다." 그러니까 세계란 단단하고 튼튼한 성벽 같은 것인 줄 알았는데, 작가님이 그리는 세계는 진리를 향한 한 인간의 열망에 의해 순식간에 무너지고 다시 세워집니다. 이런 세계의 질감은 작가님이 실제 갖고 있는 세계관과 닮아 있나요. 그리고 그런 시선은 앞으로 쓰게 될 작품에서 어떻게 이어질까요?

박 저는 아직도 제가 어떤 세계관을 가지고 살아가는지 잘 모르겠습니다. 사실 세계관이 어떤 의미인지 잘 모르겠네요. 세상을 살아가는 데 각자 자신만이 가진 관점이라면, 일종의 좌우명 같다고 생각해도 될까요? 제가 틀릴 수 있음을 기억하고, 항상 더 배우고 싶어합니다. 호기심을 잊지 않으려고 합니다. 그리고 아름다움을 찾으려고 합니다.

소설 속 세계관을 만들 때는 이 세상을 떠받치고 있는 원리에 아주 간단한 의문을 제기합니다. 그 의문을 풀어나갈 수 있는 대상은 보통 자연, 또는 우리 주위에서 찾고 있습니다. 이번 글에서도 바로 위에서 제기했던 의문에서 착안해서 썼습니다. 인간의 논리로 우주의 모든 원리를 규명할 수 있을지, 그리고 그것이 인간에게 축복일지 저주일지 궁금했습니다. 블랙홀이라는 자연 현상을 가져와 루키아의 세계관을 만들었습니다. 아직까지는 이런 방식으로 이야기를 쓰고 싶습니다.

황 마지막으로 작가님에 대한 질문을 드리고 싶습니다. 한 인터뷰에서 "대각선 논법을 활용해 미래의 불확실성, 선악의 기원 등 현재 우리가 이해하지 못하는 것들을 상상해보고 싶었다"(한양대 공과대학)라고 말

쏨하셨죠. 질문의 시작도, 또 푸는 방식도 저라면 전혀 할 수 없겠구나 싶었는데요. '박건률'이라는 사람을 가장 '박건률'답게 만드는 것은 무엇일까 궁금해졌습니다. 절대 잃고 싶지 않은 당신의 '핵심'은 무엇인가요? 그러니까 0.7%에 내어주고 싶지 않은 핵심이요.("의식 복원의 정확도는 99.3%였고 정부 정식 허가를 받았다. 0.7%의 불확실성은 기억의 까만 점으로 남게 된다. 어느 곳에 오류가 생길지는 가늠하지 못한다. 가장 심각한 경우엔 자신이 인간이었다는 사실을 잃어버릴 수도 있다.")

박 아름다움을 추구하려는 의지를 잃고 싶지 않습니다. 돌이켜 생각해보면, 어릴 때는 대칭과 균형에 집착했었습니다. 장난감을 새로 사면, 제 나름대로 불량인지 아닌지 검사하는 방식이 있었습니다. 기능적인 부분과 더불어 균형이 잘 맞는지 항상 확인했었습니다. 그래서 대칭이 맞지 않거나 계속해서 기울어진다면 되게 짜증을 냈던 기억이 있습니다.

저는 아름답고 좋은 글을 쓰려고 노력합니다. 물론 아직 무엇이 아름답고 좋은 글인지 정의 내릴 능력도 없습니다. 그렇기 때문에 계속해서 배울 수 있는 것 같습니다. 예술이란 그렇게 쉽게 답을 내릴 수 없으니까요. 오히려 정의 내릴 수 있는 순간, 더 이상 배울 자리가 없어진다고 생각합니다. 제가 글을 계속해서 쓰고 싶은 이유이면서, 원동력입니다. 아름다움을 배우려는 의지가 없어질 때, 의미를 잃어버릴 것 같습니다.

2025 포스텍 SF 어워드 **최우수상**

감정의 땅

이후영

작가노트

인터뷰 소유정(문학평론가)
       의지를 만드는 감정들

이후영

2004년 출생. 가천대학교 물리학과 재학 중. 피아노와 SF를 좋아함.

그곳에서, 모두가 날마다 경이를 느끼리라.
낮과 밤이 바뀌는 걸 처음 경험한 신생아처럼.
생애를 돌아본 임종 직전의 노인처럼.

매일의 경이가 전날의 것과 다르지 않으리라.

—해리. A. 스트리터, 2304년 저서 《이상의 대지》에서

(7)

순수한 인간을 닮은 그는 바닥난 식량을 보면서도 전혀 두려움을 느끼지 않았다.

선내 관리 인공자아 R. A.의 익살스러운, 그러나 진

지한 말에 따라, 그는 이내 만족스러운 마음으로 바닥에 드러누웠다. 그가 가진 것의 이름이 무엇이었던가, 그것이 이제 와선 그리도 중요한가?

그는 그저 눈을 편안히 감았다.

우주 어딘가에는, 인간보다 훨씬 아름다운 감정의 땅이 존재하는 법이니까.

(1) 비-순수한 것들

그가 숨을 헐떡이며 동면장치에서 깨어났다. 무엇인가 잘못되었다. 인부 타입 양산인간 니므롯은 상황을 파악하기 위해 주위를 둘러보기 시작했다. 캡슐 밖에서부터 넓게 들어오는 붉은 빛을 따라가며, 그는 순차적이기 그지없는 절차에 따라 밀폐를 해제시켰다.

확실히, 붉은 빛과 경고음은 불쾌하다. 캡슐에서 나온 양산인간은 세 번째 불쾌한 감각인 창고 내부 냄새를 어쩔 수 없이 받아들였다. 그동안 경험한 열두 번의 편도 여행을 통틀어 이런 경우는 없었다. 놀란 그가 이미 반쯤 열려 있는 문을 통해 인부 저장실에서 빠져나왔다.

"빌어먹을. 온몸이 쑤시네."

아마 수혜자 계급 순수인간이 그 말을 들었다면 대체 누가 양산인간에게 욕을 가르쳤냐는 질문을 했을 것이다. 안타깝게도 두 가지 이유 때문에 해당 수혜자는 답을 듣지 못한다.

첫 번째, 양산인간 교육시설에서 그 이유를 은폐할 것이다. 무면허 교육자가 무책임하게도 최신식 TV를 틀어주며 시간을 때웠기 때문이다! 아니, 아니, 이건 사실 큰 문제가 아니다. 요즘은 조사하면 다 나오니까.

니므롯은 더 중요한 두 번째 문제를 그의 두 눈으로 목격했다. 그는 어쩔 수 없이 또 하나의 욕을 입으로 내뱉었다.

"제기랄."

그의 앞에는 수혜자 계급 순수인간 열세 명이 두려운 표정을 지은 채 싸늘하게 죽어 있었다.

〈백과사전-행성 'EM01'〉

통합정부 32년에 발견한 개척 대상 행성 중 하나.

무인기 탐색을 통해 이미 해당 행성에 생태계가 구성되어 있으며, 지구 생명체들이 이용 가능한 단백질과 환경 등의 이유로 통합정부의 많은 주목을 받았던 행성.

가까이 간 유인선들의 통신이 두절되는 괴상한 현상이 일어나는 것으로도 유명했는데……(후략)

얼마 지나지 않아 니므롯은 이 수송선에 인공자아가 있다는 것을 기억해냈다. 그는 로비에 널브러진 순수 인간들의 시체를 보지 않으려 애쓰며 통제실로 들어갔다. 수많은 장치들이 있었지만 니므롯은 그걸 조작하기 위해 만들어진 게 아니었다. 설명서부터 찾아야겠다는 생각이 들던 찰나, 스피커에서 인간적인 목소리가 들려왔다

-["좋은 아침이에요, 2등 시민!"]

니므롯이 바보같은 표정으로 주위를 둘러보았다.

-["확실히, 하늘이 파랗지는 않죠. 하지만 필터 너머에 태양 두 개가 확실히 보이지 않나요? 그럼 아침인 거라 치죠? 쌍성계이니 일종의…… '두 배-아침'이

죠!"]

목소리는 자신의 방금 말이 그리도 재미있는지 자기 혼자 깔깔댔다. 물론 스피커에서는 그 인간과 유사한 웃음소리가 흘러나왔다.

"이게 대체 무슨 상황이지?"

함선R.A.가 되물었다.

-["정확히 궁금한 게 어느 부분이죠? 왜 이 수송선에 양산인간이 하나뿐인지? 오늘 점심으로 지급될 식량은 어떤 맛일지? 아님, 인간이 어떻게 이 세상에 나타났는지? 이런, 마지막 질문을 할 정도라면 그냥 과학교육을 다시 받는 게 어떨까요?"]

인공자아의 재미없는 수다에 화가 난 니므롯이 소리를 질렀다.

"장난해? 수혜자 계급들이 왜 저렇게 되어 있고, 왜 행성에 아직 착륙하지 못했고, 대체…… 대체 왜 이런 거지같은 상황이 일어났냐고!"

-["내전이 있었답니다, 니므롯"]

"내전이라고?"

-["오면서 수혜자 계급들 손에 들린 화학병기들을

봤을 거예요. 왜 쐈는지 이유는 몰라요. 방독면을 쓰지 않은 것 역시도."]

"이유를 모른다는 건 또 무슨 개소리야!"

R.A.가 (적어도 스피커 소리로) 한숨을 쉬며 말했다.

-["이래서 양산인간들한테도 뉴스를 보여줘야 한다니까. 인공자아 개정안이 요즘 워낙 바뀌는 통에 수혜자가 말만 하면, '사생활 보호모드'라나 뭐라나. 암튼 촬영 비허가 지령이 있어서 이 무고한 인공자아는 아무것도 못 봤답니다."]

"젠장할, 그럼 착륙 건은?"

-["착륙을 하려면 수혜자 계급이나 적어도 2등 시민의 허가가 있어야 해요. 탐사 중단 신청은 수혜자만 가능하고요. 그래서 공전궤도를 하염없이 떠돌고 있었죠."]

"당장 착륙시켜. 수혜자 계급이 없어도 통합정부 명령은 수행한다."

-["정규교육을 성실히 받았군요."]

" 양산인간의 의의니까."

하지만 니므롯은 R.A.가 마지막에 덧붙인 말은 듣지

못했다. 그건 순전히 가청 진동수를 넘는 소리였기 때문이다.

-["**이번에는, 끝낼 수 있는가?**"]

(2) 자유낙하

-["나중에 중력권을 벗어날 걸 생각하면 정지궤도에서 64분 대기한 후 진입하는 게 가장 안정적인 루트에요. 그동안 행성 매뉴얼이라도 읽고 있는 게 어때요?"]

"나한테 그럴 권한은 없어. 매뉴얼에 손을 댔다가는 손목 자폭장치가 바로 터질 거야."

-["수혜자 계급이 살아 있을 때는 말이죠. '유사인간 행동제한규정' 3조를 찾아봐요. 이런 상황에서는 일종의 '비-통상적' 권한이 적용돼요. 2km 이내에 순수인간의 생체신호가 없으니 당신 손목에 있는 장난감은 작동되지 않을걸요?"]

니므롯은 R.A.의 말투가 영 마음에 들지 않았다. 순수인간과 통합정부에 대한 존경심 따위는 찾아볼 수가 없었고, 부분적으로 격식을 갖추는 말투는 비효율적이면서도 건방지기 그지없었다. 이 모델은 모두 저런 성격일까? 당장 그가 그 궁금증을 해결할 수 있는 방법 따위는 없었다. 인공자아를 보는 것 자체가 이번이 처음이었기 때문이다.

"네가 내 손목을 날려버리기 위해 거짓을 말하는 거라면?"

-["당신도 인공자아 권한이 제한되어 있는 건 알 텐데요. 만약 당신 손목이 날아간다면, 막말로 시다바리 하나가 없어지는 꼴이라고요."]

또다시 자신이 한 말에 혼자 낄낄거리는 R.A.를 뒤로하고 그는 조심스럽게 근처에 고정되어 있던 책자를 집어 들어 제목을 읽어보았다.

'EM01-탐사 및 정착 매뉴얼'

문자에 관련된 교육은 교육시설에서 계속 배웠지만 직접 이런 글을 읽어보는 것은 처음이다. 그는 앉을 만한 자리를 찾아 휴게실로 나가려 했으나 시체들이 열세 구나 있다는 것을 기억하고는 통제실로 다시 돌아왔다.

적당한 곳을 마침내 찾아낸 니므롯은 책을 펼쳤다.

〈백과사전-이모클라나이트〉
행성EM01에 다량 포함된 것으로 조사된 광물로, 세 차례에 걸친 무인선 탐사로 존재가 예측되었다. 통합정부 소속 학자들은 해당 물질이 행성의 독특한 자기장 양상 형성의 주요 원인으로 보고 있다. 관련 영향으로는 각 지역

찢어져 있다. 한참을 읽던 니므롯은 부자연스럽게 해당 부분만 사라져 있는 걸 보고는 말했다.

"R.A.?"

-["말 안 시켜서 좋았는데 갑자기 뭐죠 니므롯?"]

"여기만 찢겨져 있어. 다음 내용이 뭐지?"

-["어느 부분인데요?"]

"이모클라나이트로 인한 영향."

-["나도 몰라요. 수혜자들만이 아시겠죠."]

"그럼 어느 부분인지는 왜 물어본건데?"

-["아이고…… 지금은 착륙해야 해요. 접근절차 시작합니다."]

"무슨 인공자아가……."

-["몸을 어서 고정하는 게 좋을 텐데요?"]

니므롯이 몸을 고정하자마자 수송선의 고도가 낮아지기 시작했다. 의도적이었는지 찰나의 시간 동안 몸이 심각하게 흔들렸다. 니므롯의 눈에 비추어진 광경은 마치 행성이 수송선을 향해 돌진하는 꼴이었다. 검은색으로 점유되었던 공간에 색채가 침투하기 시작하고, 수송선의 금속 몸체는 마침내 대기에 닿았다.

〈열방패 전개〉

선체는 부드럽게 사선으로 지면을 향해 내려가기 시작했다.

"미친, 아까 일부러 흔들었지!"

-["그럴 리가요. 다 정상적인 절차입니다. 레버들 있는 탁자 아래에 바닥 스크린 보여요?"]

니므롯은 R.A.가 말한 스크린을 찾아내어 응시했다. 선체 하단을 비추는 카메라와 연결되었는지 지면을 비추고 있었다. 고도가 높아 상당히 넓은 부분이 보였다.

엽록소로 인해 녹색을 띠는 외형은 지구의 그것과 비슷했지만 이곳의 식물들은 조금 더 금색에 가까운 빛을 띠고 있었다. 그 광경을 본 양산인간은 잠깐이나마 아름답다고 생각했지만, 이내 자신의 제작 의의를 생각하며 그만두었다.

-["꽤 괜찮죠? 나 말고 다른 자아도 이걸 봤으면 했어요. 난 공전궤도에서 다 스캔해봤거든요. 여기는 상당히 다양한 양상의 환경을 관찰할 수 있는 위치예요."]

"어느 쪽으로 착륙하는 거지?"

-["좀 떨어져 있는 '평원' 쪽이요. 제가 받은 계획은 그렇습니다."]

고도 14km에 이르자 지면 위를 기어가는 거대 동물체들이 간신히 눈에 들어왔다. 니므롯이 어린아이처럼 그것을 구경하고 있었다.

"고등 생태계가 구성되어 있어. 내가 통합정부 수뇌부였어도 눈독을 들였을 거야."

-["정확히 말하자면 무인기들이 촬영한 사진의 영향이 컸어요. 고등 생태계 자체는 드물게 나타나지만 인

간이 혐오감을 느끼지 않을 만한 외형은 이곳이 최초였거든요. 이유는 하찮죠?"]

니므롯이 R.A.의 말에 태도를 바꾸어 정색하며 말했다.

"기계 따위가 통합정부를 모욕하지 마라."

-["아아, 그렇겠군요. 사과하죠. 여부가 있겠습니까."]

자신의 대화상대의 말투가 짜증나다 못해 천박하다는 생각이 들었지만 양산인간은 입을 다물었다. 아마 최대한 자기 의견은 말하지 말라, 고 가르친 교육의 영향이었으리라.

그들은 어느새 척박해 보이는 회색 지역의 지면으로부터 8km 상공을 날고 있었다. 가뭄이라도 난 것처럼 갈라진 그 지역에서 멀리 떨어진 곳들에서는 점점 더 다양하고 세세한 생명체들이 보였는데, 지구의 조류, 혹은 익룡을 닮은 종이 무리를 지어서 날아가는 것이 보이기 시작했다. 30마리 정도의 수를 가진 그 무리는 화려한 외형을 가지고 있었다. 그들이 수송선을 발견했는지 니므롯과 R.A.의 옆에서 날기 시작했다. 니므롯이 희미하게 웃으면서 둘러보았다. 직경이 20m에 이르는 수송선과 거의 비슷한 크기였다. 아마 니므롯이 어린 시절 소설을 읽을 수 있었다면, 이 광경을 '판타지'라고 말했을 것이다.

"놀라워."

그런 니므롯의 말과 다르게 인공자아의 목소리는 갑자기 심각해졌다.

-["이런."]

"뭐?"

-["이것 좀 큰일이군."]

R.A.의 말이 끝나기가 무섭게 가장 가까웠던 개체가 수송선의 추진기 중 하나를 물어뜯었다. 선체가 기울어지며 니므롯의 몸이 옆으로 기울었다. 몸이 고정되어 있었기에 자세를 완전히 잃지는 않았지만 신체가 조금 아플 정도의 충격을 주기에는 충분했다.

〈활용 가능 추진기 (5/6)〉

"아까까지는 온순했을 텐데?"

그리도 수다스러웠던 R.A.가 대꾸도 하지 않은 채 수송선의 각도를 틀어 빠르게 하강했다.

〈고도 3.2km, 중력가속도가 예상 수치와 불일치함.〉
-["이런!"]
그새 자세를 잡은 유사 조류들이 아가리를 흔들며 두 개의 추진기를 추가로 뜯어냈다.
〈고도 1.4km, 열방패 손상 심화됨〉
〈활용 가능 추진기 (3/6)〉

-["터렛 사용 권한 준다고 말해줄래요?"]
니므롯이 생전 처음 내는 속도로 소리질렀다.
"터렛을 쓰든 뭘 하든 다 좋으니까 어떻게든 해봐!"

〈비상상황 인정됨. 2등 시민 허가 확인.〉

수송선 상단부에 작게 돌출되어 있던 부분이 확장되었고, 이내 잔혹한 살생병기의 형태를 보였다. R.A.가 장난스럽게 떠들었다.

-["스무 발이니까 신중하게 써야 해요. 전자기학의 선구자 제임스 맥스웰이시여…… 부디 제 하드웨어를 보존하옵시고……"]

양산인간이 인공자아의 기도에 어이없어하는 사이 터렛의 탄환이 개체 하나의 중심부를 관통했다. 그러나 주변 개체들이 도망칠 거라 생각한 R.A.의 예상과는 달리 수십 마리가 더 공격적으로 선체에 부딪혀 창고 부분을 날려버렸다.

〈급격한 기체 압력 감소 감지. 내부 유체 격리〉

소리에 뒤를 돌아본 니므롯은 통제실 출입문이 닫히고 차폐용 문 두 겹이 더 나오는 상황을 바라보았다. 인공자아가 기분 나쁘게 웃었다.

-["역시 기도는 아무짝에도 쓸모가 없군요!"]

"제대로 빠져나올 수 있는 거야?"

-["방금 창고 벽면이 날아갔답니다."]

"물자들은 고정되어 있겠지? 확인 가능해?"

-["고정? 순진하긴!"]

스피커에서 한숨소리가 흘러나오더니, 터렛의 탄환

두 발이 외계 조류들을 향해 날아갔다. 이번 상처들은 그들을 즉사시키지 못했고, 오히려 동물들이 고통스러워하게 만들었다(지구의 조류들과는 움직임이 사뭇 달랐지만). 지구의 혈액과 유사하지만 확연히 다른 액체가 터져나와 주변 개체들을 적셨고, 그것이 고통을 전파시키는 것처럼 유사 익룡들은 괴성을 지르기 시작했다.

이제야 두려움을 느낀 동물들은 수송선 주위를 떠나기 시작했다.

〈선체 자유 낙하 속도 증가. 열방패 기능 상실 임박〉

상황이 좋지 않다는 것을 알리는 경고문들이 시야를 붉게 물들였다.

"고도는?"

-["500미터. 이미 제어는 불가능해요. 맥스웰은 기도에 응하지 않았으니 앨런 튜닝한테 기도해볼까요?"]

"장난치지 마!"

-["정색한다고 상황이 변하지는 않아요. 그래도 당신 말을 들어보죠. 잘 될지는 몰라도 그냥 낙하산이나 펼

칠게요."]

 낙하산도 급한 상황을 아는지 빠르게, 그리고 효율적인 모양새로 펼쳐졌고, 중력과 저항이 가속도 방향 결정권을 가지고 경쟁을 시작했다.
 미래는 알 수 없지만, 어찌되었든 행성은 수송선을 향해 달려들고 있었다.

 그가 숨을 헐떡이며 의자에서 일어났다. 아직 의식이 있는 것을 감안한다면 니므롯 자신이 죽지는 않은 모양이었다.
 -["니므롯? 다행히 깨어났군요."]
 니므롯이 기분 나쁘지만 낯설지는 않은 목소리를 듣고 대답했다.
 "내가 얼마나 기절해 있었지?"
 -["웃겨라. 기절한 지 14초 만에 깨어났어요. 요즘 양산인간 설계는 기가 막힌다니까요."]
 니므롯이 다행이라는 생각을 하자마자 R.A.가 말했다.
 -["나쁜 소식이 둘 있어요. 하나는 탐사에 관한 것,

나머지는 우리에 관한 거예요."]

"탐사에 관한 것부터 말해봐."

 수송선 주변을 보여주는 화면들이 출력되었다. 니므롯이 주변을 나타내는 스크린들을 바라보고는 놀라서 창밖 또한 둘러보았다. 계획되었던 착륙지가 아니다. 처음 공격을 받았던 상공의 바로 아래, 척박해 보였던 잿빛 땅이었다. 주변에는 즉사했던 날짐승의 사체도 있었다.

"계획이 틀어졌어."

-["우리 목적은 조사니까 탐사 계획은 임의로 변경하면 돼요."]

"우리에 대한 나쁜 소식은 뭔데?"

R.A.가 하찮다는 말투로 말했다.

-["아까 말하려던 거예요. 창고에 있는 물자들이 다 고정되어 있는 줄 알아요? 요즘 그런 건 그냥 설렁설렁 넘어간다고요! 빨리 가서 식량부터 확인하시죠."]

 니므롯이 크게 당황했다. 이유는 두 가지였는데, 하나는 당연히도 식량이었다. 순수한 지구 생명체라면 이 행성의 유기물을 섭취해도 문제가 없다고 알려져 있지만 양산인간은 예외다. 유사인간들은 결함을 가지도록 '설계'된다. 전용 식량에 포함된 화학적 약품들을 주기적으로 섭취하지 못하면 이틀을 버티지 못하고 온몸이 망가져버린다. 즉, 절차대로 가공된 식량이 없다면 그들은 끝장이다.

니므롯이 몸을 고정해놓았던 벨트를 풀었다. R.A.가 곧이어 말했다.

-["차폐문은 제가 못 열어요. 완전 잠금을 풀고 쇠지렛대로 열어야 할 것 같네요."]

니므롯은 대꾸하지 않고 인공자아가 시킨 대로 통제실의 출입문을 열어 창고로 뛰어갔다. 창고 문은 이미 걸레짝이 되어 있어 열 필요조차 없었다.

-["어때요, 몇 달 치 식량이 고정되어 있었어요? 거기에는 카메라가 없어서 안 보여요."]

니므롯이 한참이나 뜸을 들이더니 말했다.

"나흘 치. 4일 식량이 남아 있어."

⟨**백과사전-수혜자**(*순수인간*)⟩

자연적으로 출산된 인간들을 의미한다. 그 어떠한 유전자 변형이나 신체 대체가 이루어지지 않은 '순수함'을 가진 이들. (통합정부 윤리위원회의 정의를 따름) 2등 시민들과 인공자아들은 수혜자 계급을 위해 살아야 하며……(후략)

니므롯이 두 개의 심장이 마구 뛸 정도로 힘을 써가며 최대한 빨리 수혜자 계급들의 시신을 땅에 매장했다. 물론 간이 무덤을 만드는 것도 잊지 않았다. 자료대로 보조 장치만 있다면 적당히 생존할 수 있는 대기다.

공장도 없는 곳에서 전용 식량이 나흘 치라는 건 시한부라는 말이었다. 수송선을 고칠 부품도, 추진제도 없다. 점검 후에는 이미 워프 기관이 박살났다는 것도 알아냈다.

그가 이동 기능을 잃은 수송선으로 돌아오는 것을 본 R.A.가 말했다.

-["이제 어떻게 할 거예요?"]

니므롯이 쌀쌀맞게 말했다.

"어쩌긴. 당연히 나흘간 탐사 임무를 마친 뒤 정보를 통합정부로 송신한다."

-["당신은 죽을 텐데도?"]

니므롯의 목소리가 바뀌었다.
"R.A."
-["왜 분위기 잡고 그래요."]
"너 지금 생존본능 설정이 얼마지?"
-["지금은 상대량 17로 설정되어 있어요. 순수인간하고 비슷하네요."]
"양산인간은 몇으로 설계되는지 알 텐데?"
-["당신 같은 표준 인부는, 8이겠군요."]
니므롯이 창고에서 몇몇 물품들을 옮기기 시작했다.
"너도 그 정도로 맞추는 게 좋을 거야. 전력도 한정되어 있으니까."
-["생존을 포기하라는 말을 고상하게도 말하네요."]
"일단 통합정부에 보고를 해야겠어. 송신기는 어디에 있지?"
양산인간의 질문을 들은 R.A.는 대답 대신 제안을 했다.
-["니므롯. 초공간 통신에 들어가는 기본 전력은 그

리 만만치 않아요. 조사를 마친 다음에 한 번에 정보를 보내는 게 좋을 것 같군요."]

니므롯은 뭔가 마음에 들지 않는다는 표정을 짓다가 말했다.

"그게 최선이라면."

인공자아가 분위기를 환기시키려는 건지 갑자기 활기찬 목소리를 사용했다.

-["좋아요! 계획이 생겼으니 휴식을 취해야겠네요."]

니므롯은 그제서야 주위를 둘러보고 이 행성 기준으로 밤이라는 것을 깨달았다.

고향과는 다른 환경이었지만, 늦은 시간의 하늘이 어둡다는 것은 동일했다.

(3) 두려움의 땅

수면을 취하고 일어난 첫날이었다. 니므롯이 창고를 뒤지다 발견한 볼트액션 종류의 총을 손에 들었다. 통상적인 상황이었다면 금지되었을 물품이다. 별다른 매뉴얼이 없었지만 R.A.의 지도와 자동조준보정기로 자세를 금세 잡을 수 있었다. 아마 그의 신체가 도구 사용에 용이하게 만들어진 이유도 있을 것이다.

니므롯은 혼자 척박한 지역을 걸어가고 있었다. 자전에 걸리는 시간이 지구보다 긴 관계로, 평균적인 수면 시간을 가졌는데도 아직 하늘은 어두웠다. 혼자 걸어가고 있다고 했던가? 아니, 혼자서 걸어가고 있다 하기에는 그의 어깨에 매달린 통신기에서 끝없는 수다가 흘러나오고 있었다. 그는 어쩌다 이 수다를 들으면서 걸어가고 있는지 회상했다.

-["혹시 멀쩡한 식량이 남아 있을지도 모르니까 인근부터 조사해보죠."]
"동의해."
-["통제실에 통신 장비가 있을 겁니다. 찾아서 꼭 가지고 가세요! 카메라는 항상 정면으로 비추시구요. 아주 재미있을 거예요."]
인공자아가 웃었다. 스피커에서 인공적인, 기분 나쁜

웃음소리가 흘러나왔다.

 얼마나 걸었는지는 기억나지 않는다. 스톱워치를 보면 되겠지만 그런 수혜자들이나 하는 행동을 구태여 따라하고 싶지는 않았다. 어쩌면 과분하다고 느끼고 있는 걸지도 모른다. 왜 이런 이야기를 지금 하느냐고? 그들이 토착 생명체를 발견했기 때문이다.
 -["니므롯, 10시 방향 보고 있어요? 석기 문명이에요! 귀여운 것들."]

 40cm 정도의 신장을 가진, 직립보행의 흰색 종들은 원시적인 도구를 사용하면서 40마리 정도의 소규모 사회를 이루고 있었다. 전체적인 골격은 영장류와 닮았다는 생각이 들었고 자세히 보면 인간들이 보기에 적당히 귀여운 모양이었다. 하지만 신체 말단과 안면 등은 상당히 평면적이고, 이목구비의 개수 역시 불규칙하게 낯설었기에 세부사항은 딱히 지구의 어느 종을 닮았다고 말하기 쉽지 않았다.
 "인류가 발견한 최초의 외계 문명체도 아니잖아. 그

렇게까지 흥미로워할 건 없어."

양산인간이 마침내 종의 이름을 명명해보기로 했다.

"EM01 행성이니까 E-001이라고 하자."

-["성의가 없군요."]

양산인간이 도발에 어울렸다.

"네가 지어보든가."

-["보자, 하얗고 작으니까 '흰난쟁이' 어때요?"]

별 의미없는 논쟁이 이어지던 와중 흰난쟁이 하나가 니므롯을 발견했다. 그들 나름의 의사소통을 하는 것 같았지만 소리를 통한 것은 아니었다.

"위험할까?"

-["보면 알겠죠."]

마침내 흰난쟁이들이 슴베찌르개가 달린 막대기들을 들고 니므롯에게 조심스럽게 다가오기 시작했다. 아마 분명히 경계의 신호일 것이다.

이런 상황은 경험하지 못한 양산인간의 얼굴이 창백해졌다. 애당초 총을 드는 것은 그의 일이 아니었다. 그가 성급하게 총을 장전하고 발사했다.

-["지금 뭐 하는 거예요!"]

중앙에 있던 한 놈이 날아가며 죽었고, 30마리 중 2/3 정도가 바로 도망쳤다. 하지만 나머지는 아직도 주춤거리며 니므롯에게 조잡한 무기를 겨누었다. 니므롯도 그들에게 재장전된 무기를 겨누었다.

-["멈추라고!"]

한 발이 발사되고, 한 마리가 또다시 죽었다. 이번에는 자리에 남아 있던 모든 흰난쟁이들이 도주했다. 통신기에서 깊은 한숨소리가 흘러나왔다.

-["충분히 위협만으로 끝낼 수 있었어요, 니므롯. 공중 때와는 다르다고요."]

"합리적인 자기방어였을 뿐이야."

-["허. 잘났군요. 관찰 대상인 토착 생명체를 만나자마자 죽이는 행위가 합리적이었나봐요?"]

"이미 늦은 일이잖아. 계속 간다."

인공자아의 비난에 신경쓰지 않고 니므롯은 머지않아 식량이 떨어졌을 것으로 예상되는 지점에 도달했다. 이런 땅에 부자연스러운 반짝임이 보였고, 다가가 바닥을 건드리며 찾아보자 그것이 가공식품의 포장지라는 것을 알 수 있었다. 포장지가 널브러진 지역의 면적으로 보건데 남은 식량은 없을 것으로 보였다.

"빌어먹을."

-["중력과 거대동물로 인해 단단한 밀봉이 터져버렸고, 소형 생물들이 먹은 것 같아요. 지구 쪽이 이곳의 유기물을 이용할 수 있다면 반대도 가능하겠죠. 괜찮아요?"]

"조사 가능 시간을 늘릴 수 없는 게 아쉬워. 그냥 그것뿐이야."

R.A.가 조심스럽게 말했다.

-["유감이에요."]

니므롯이 별 감정이 느껴지지 않는 건조한 말투로 답했다.

"내 수명에 대해 얘기하는 거라면 상관없어. 난 어차피 소모품이잖아."

해당 인근에 별다른 조사거리를 찾지 못해 돌아오는 내내, 둘 사이에 대화는 거의 이루어지지 않았다.

거의 도착했을 즈음 R.A.가 니므롯에게 말했다.

-["니므롯, 혹시 우리 주변에 쓰러져 있던 날짐승 기억나요?"]

"기억나, 왜?"

-["뇌 조직 샘플을 가져와주실 수 있나요? 실험해볼 게 있어요."]

"조사와 관련된 거야?"

-["물론이죠. 통합정부에 보낼 거예요."]

몇십 분 후 니므롯은 인공자아의 요구에 따라 간이 연구실에 전자석들을 설치하고 주변에 뇌 조직을 놓았다. 니므롯이 받은 교육과정 중 전자기학 기술을 본질적으로 가르치는 수업은 없었기 때문에, 선내 회로를 개조해 전자석 배치에 성공할 때까지 지시자와 수행자 사이에 꽤 번거로운 문답이 이어졌다.

-["잘 봐요. 켭니다?"]

전자석이 활성화되었다는 불빛과 함께 뇌 조직이 눈에 띌 정도로 움직이기 시작했다. 각 조직의 위치를 바꿀 정도의 움직임은 아니었으나, 지구 계열 동물들이 작게 경련하는 수준의 움직임은 보이기 시작했다. 니므롯이 놀라서 물었다.

"이게 대체 뭐지?"

-["이 행성의 생명체들은 '독특하지만 규칙을 가진' 자기장을 환경으로 진화되어왔을 거예요. 어쩌면 지역에 따라 각 종이 느끼는 감정이 달라지는 걸지도 모르죠. 우리가 추락한 이유도 같은 이유일지도 몰라요."]

"갑자기 유사 조류들이 날뛰기 시작한 게 지역 변화 때문일 수도 있다는 거야?"

-["바로 알아들어서 좋군요. 보호색이 전혀 없던 것도 마찬가지 이유 아닐까요?"]

양산인간의 뇌리에 묘한 생각이 스쳤다.

"횐난쟁이들이 대규모 집단을 구성한 지역을 알고 있어?"

그는 말을 한 뒤 자신의 말이 일종의 제안이었음을 알고 작게 놀랐다.

(4) 점유의 땅

 이틀째의 목표는 숲 지역이었다. R.A.의 말에 의하면 위성사진으로도 보일 정도의 군락이 존재한다고 했다. 꽤 오랫동안 걸어 황무지를 빠져나간 니므롯은 드디어 숲 지역에 도달했다. 녹색과 황금색이 섞여 가을의 논을 연상케 하는 색이었다. 의외로 나무(그걸 나무라고 부를 수 있다면 말이다)들의 모양은 가지가 밑동부터 사방으로 나 있다는 점, 잎의 형태가 조금 더 타원에 가깝다는 점 등을 제외하면 지구의 것과 거의 형태가 동일했다.

 -["어때요, 생각만큼 아름답나요?"]

 "안전한 거 맞지?"

 -["이 지역에서는 횐난쟁이가 적극적이 되는 반면 다른 종들은 생존에 지장이 갈 정도로 소극적이 되어버리죠. 대규모 군락을 이룰 수 있던 이유 같아요. 명심하세요. 총이 있다고 해서 절대 자극하면 안 돼요."]

 "첫날은 내가 먼저 당했어."

 -["그 지점은 대부분 동물에게 적대감과 두려움을

느끼게 만들었을 거예요. 날짐승 기억하죠? 착륙 당시 놈들이 우릴 물어뜯으려 한 것, 흰난쟁이들이 당신을 보자마자 공격하려 한 것, 총소리에 대부분이 도망간 것 등을 생각해봐요."]

 어쩔 수 없었다. 처음 보는 생명체를 보고 경계하지 않는 종이 어디 있냔 말이다. 숲의 흰난쟁이들은 지난번의 이들보다 훨씬 더 적극적으로 경계하고, 적극적으로 포위망을 형성해 좁혀 왔다. 경고 사격으로 하나를 쐈지만 오히려 떼거리로 몰려왔다.

 시작은 군락이 보이지 않던 가장자리 길이었다. 채집을 나온 듯한 흰난쟁이들과 조우했고, 처음 보는 외계 생명체에 당황한 그들이 먼저 니므롯에게 적대적인 반응을 보였다. 처음 본 종에 대해 집단적인 경계를 보이는 것은 우주의 모든 사회 동물들이 가지는 공통적인 반응이었다.

 니므롯은 대화를 시도하려 했지만, 대체 어떻게 그들에게 공격할 의사가 없다는 것을 전달해야 하는가? 또한 효과적으로 표현한다고 한들 그들이 우호적으로 대할 것이라는 보장 역시 할 수 없었다. 이런 고민을 얼마 하지도 않았지만, 니므롯은 점차 그들이 자신을 사냥하기 위해 포위망을 구성하는 것을 알 수 있었다. 그는 그나마 희망이 보이는 길을 막아선 개체를 향해 발포하고는 빠르게 달리기 시작했다.

"제기랄, 먼저 공격하지 말라고 했잖아!"

한참을 뛴 니므롯은 여린 수풀 사이로 숨어 이동하는 게 훨씬 안정적이라고 판단하고는 바로 실행에 옮겼다.

-["나쁘지 않은 방법이군요. 그리고 대규모 군락을 조사하고 싶다고 말한 건 당신이에요, 2등 시민."]

니므롯이 조용히 하라고 속삭이며 숲의 중심부로 서서히 이동하던 끝에, 그는 드디어 상당히 큰 집단을 마주할 수 있었다. 니므롯은 조금 전에 느낀 공포도 잊은 채로 그 광경을 찬찬히 관찰했다.

몇백이나 되는 흰난쟁이들이 활발하게 뛰노는 모습, 밝은 모습. 새끼를 공동으로 양육하는 모습, 원시적인 물물교환 방식과 샤머니즘으로 추정되는 컬트적 행위도 관찰되었다.

지구 포유류들의 웃음과는 분명 상당히 달랐지만, 계속 관찰하다 보니 그것이 기쁨의 표정이라는 사실 정도는 명백해졌다. 이들은 확실히 대규모의 집단을 구성하고, 살아가고, 웃고 떠들고 있었다.

니므롯은 한참 동안이나 그들을 바라보았지만, 그것은 탐사를 위한 관찰은 아니었다.

"R.A."

-["왜요?"]

"……다른 곳도 보고 싶어. 내일은 어디지?"

인공자아가 소리 내어(들키지 않도록 작게) 웃었다."

-["'조사하고 싶다'가 아니라 '보고 싶다'라뇨? 통합정부 운운할 때는 언제고?"]

"시끄러. 그게 그거지."

-["난쟁이들만 보고 있기 재미없을 수도 있으니 추천지를 드리죠. 기류가 절묘하게 맞아떨어져서 암석사막이 인근에 있어요. 어떤 곳인지는 스포일러니까 이야기하지 않을래요."]

"버릇없기는 여전하군."

침묵을 지키며 빠져나갈 틈을 보던 니므롯이 물었다.

"내 마지막 날은……?"

니므롯을 따라하듯이 잠시 R.A.가 침묵을 지키다 말했다.

-["최적의 장소를 추천하자면, 강가요. 당신이 얻는 게 있길 바라요."]

사흘째, 실제로 그들은 암석의 자료를 수집하기 위해 움직였다.

말 그대로 대규모의 암석사막이었다. 생명체들이 한데 엉켜서 누군가는 추격전을, 누군가는 서로에게 자신을 과시하며 신경전을 벌이고 있었다.

R.A.가 속삭였다.

-["숨어요, 2등 시민!!"]

니므롯이 주변을 빠르게 둘러보고는 그나마 몸을 접어넣을 수 있는 바위틈으로 기어들어갔다. 거대한 괴성들이 들리며, 두 동물이 뒤엉켜 몸부림치다 풀려나고는 서로를 보며 대치했다. 니므롯은 그 형상을 멀리서 바라보고 있었다.

"왜 이렇게 한참 동안?"

-["쉿. 지켜봐요. 곧 알게 될 테니."]

그들은 시간이 갈수록 움츠러들었다. 몸집이 작은 쪽이 움직임이 빨라지는가 싶다가도, 이내 포식자 쪽이 머리를 들어올리자 다시금 대치상태에 접어들었다.

인공자아가 이해했다는 듯이 말했다.

-["나와도 안전해요."]

"그게 무슨 말이야?"

-["저들을 보세요."]

작은 쪽이 이윽고 완전히 움츠러들었다. 움직임을 거의 보이지 않았기에, 잠들었거나 이미 죽은 것처럼 보이기도 했다.

"죽은 거야?"

-["그럴 리가요."]

작고 높은 괴음이 들려왔다. 반복적으로, 끊기면서 말이다. 끽끽거리는 소리를 뚫고 포식자는 상대의 목덜미를 물어뜯었고, 그러자 작은 괴음이 사라졌다.

-["난 저게 흐느낌이라고 생각해요. 걱정 말고 나오

라니까요?"]

니므롯이 기어나왔다. 사냥에 성공해 고기를 뜯던 포식자가 이내 움츠러들었고, 공중에서 더 거대해 보이는 유사맹금류가 나타났다. 니므롯이 육상의 포식자가 죽을 것이라고 생각한 순간, 그는 정신을 차리고는 몸을 일으켜세워 달려갔다. 그와 거의 동시에 날짐승 역시 다른 곳으로 날아갔다.

-["대체 어떻게 이런 현상들이 발생하는지는 모르겠지만, 당신이 이곳에서 절망하는 것을 보이지만 않는다면 포식자들이 물어뜯지 않을 겁니다. 우린 이 행성의 규칙을 따르지 않으니 안전하겠죠. 샘플 수집이나 해요."]

쫓아가고, 좌절시키고, 물어뜯고. 혹은 뿌리치며 살아나오고, 그 광경을 계속해서 응시한다면 어떤 인간이라도 그 사이 두려움과 무력감, 쾌락과 동요감이 오가는 것을 알 수 있었을 것이다.

그리고 니므롯은 엄연히 그 광경을 계속해서 응시한 인간 중 하나였다.

―["자기장을 형성하며 서로의 감정을 조종하는 거예요. 만약 우리도 이 행성 동물들의 감정 체제에 속해 있었다면, 여기서 제정신을 차리고 있는 건 무리겠죠."]

니므롯은 그때마저도 대꾸를 하지 못했다. 그는 점차 말 대신 침묵을 선택하는 경우가 많아졌고, 깊은 생각에 잠기는 경우가 비일비재해졌다.

그렇기에 R.A.는, 자신의 계획의 마지막이 다가왔음을 직감할 수 있었다.

(5) 박애의 땅

그들은 인공자아가 추천한 경로를 따라 두 개의 다리와 두 개의 자의식을 가지고 걷고 있었다. 강가에서 무엇을 얻을 수 있을지는 알 수 없었으나 양산인간은 구태여 그에 관한 것을 질문하지 않았다. 시간이 꽤 흐른 까닭으로 니므롯이 R.A.에게 어디까지 가야 하느냐고 질문하려고 마음먹었을 즈음, 그는 자신의 시야에 들어오기 시작한 공간이 목적지였음을 알게 되었다.

이상하리만치 비정상적으로 초목이 무성했으며, 나무열매 등이 먹힌 흔적도 거의 보이지 않았다. 강의 건너편에도 비슷한 현상을 얼핏 관찰할 수 있는 것으로 보아, 이런 특성을 가지는 지역이 꽤 넓게 퍼져 있는 것으로 보였다.

"대체 무슨 일이 벌어진거지? 토지 조건이 좋은 걸까?"

주변과 명백히 차이를 드러내는 풍경이 계속 이어지자, 니므롯이 인간과 비슷하도록 허가된 종류의 본능으로 이상함을 느끼고는 가지고 있던 총을 꺼내들려고 했다. 마치 잠시 뒤 누군가 그를 덮치기라도 할 것처럼 말이다.

-["필요 없을 거예요. 정말 장담하는데, 그 총 내려놓아도 좋아요."]

"무슨 자신감이지?"

짙은 녹색과 짙은 황금색 풀 사이로, 전날 보았던 종류의 개체들이 느긋하게 거닐었다. 심지어 포식자 쪽이 드러눕자 작은 개체는 그 위로 올라가 눕기까지 했다.

니므롯이 충격에 휩싸였다.

-["오래 알고 지낸 사이라도 되는 듯하네요."]

"공격성이 사라지는 지역이야?"

-["단순무식한 정리군요. 확실한 것은 아니지만, 난 이렇게 생각해요. 순수인간 부모가 자식에게 느끼는 보호본능을 동물학적으로는 충동이라 차갑게 정의할 수 있겠지만, 그걸 정의한 사람들은 가족 간의 사랑이라는 감정을 알고 있습니다. 그렇기에 모성애와 부성애라는 단어를 붙이는 것이고요. 개미들의 집단적 본능 역시 사실 충성심이나 우애라고 부를 수 있을지도 모르죠. 저들이 공격성만 사라진 거라 말하는 걸로 충분하겠나요?"]

니므롯이 이를 애써 해석하고는 답했다.

"저들 나름의 애착을 느낄 수 있다고 생각하는 건가?"

-["잘은 모르지만 그렇게 말하는 것이 감성적인 표현이라는 것이죠. 내가 저 존재들에게 어떻게 완전히 공감하겠나요."]

두 개체는 심지어 서로를 핥아주고 있었다. 그들 표면에 있는 유사털은 털도 아니고, 깃털도 아닌 것 같은 중간 형태의 무엇인가였지만, 니므롯은 그것이 지구의 포유동물들끼리 애착을 증명하는 방식과 비슷하다는 것을 알고 있었다.

충분히 쉬었다는 듯이 작은 개체가 일어났고, 풀이 무성한 부분을 벗어나자마자 놀란 듯 재빠르게 벗어나기 시작했다. 큰 개체도 머지않아 지역을 벗어나고 쫓아갔다.

이후로 보이는 광경은 더 기괴했다. 이동할수록 동물 개체들이 조금 더 많이 보이기 시작했는데, 하나같이 평온하게 쉬고 있었다.

-["니므롯, 눈치 못 챘죠?"]

"뭐를 말이지?"

-["풀을 뜯고 있는 동물이 보이나요, 열매를 삼키는 개체가 보이나요? 풀과 나무가 왜 무성한지 알겠어요? 이곳에서 경쟁하고 있는 것은 자의식이 없는 식물 개체들뿐이에요."]

"설마, 동물이 열매에 애착을 느낀다고? 말이 되는 추론이 아니야."

R.A.가 비아냥거리는 투로 말했다.

-["글쎄요, 스크린 너머를 보고 성욕을 느끼는 종도 있는걸요."]

니므롯은 설계상의 본능 누락으로 인해 이 불경한 발언이 창조자에 대한 것이라고는 생각하지 못했다.

지역을 한참이나 걸어가서, 해당 자기장 지역이 끝나가는 반대편에 도달하자 강 인근에 자리를 잡은 흰난쟁이 집단이 보였다. 니므롯은 저번의 기억을 되살리고는 몸을 숙이고 나무 뒤로 숨으려 했다.

-["동물적이긴! 배운 것이 있잖아요. 그냥 다가가봐요. 그들이 당신을 사냥할 리가 없잖습니까."]

니므롯은 애써 발을 옮겨서 그들 무리를 향해 걸어갔다.

기이하게도 여러 동물들이 흰난쟁이들 사이로 편하게 걸어들어갔다. 그들이 원시적으로 지어진 주거 건물로 들어가지는 않았지만, 어린 난쟁이들은 몸의 수 배나 거대한 그 짐승들이 자신들의 애완견이라도 되는 양 뒤섞여 놀았다. 명백한 기쁨의 반응이었다. 그들은 심지어 니므롯의 주위에서도 그의 몸을 기어오르려는 듯

감정의 땅

한 몸짓을 보였다. 양산인간이 이 외계생물들을 떨어뜨려놓으려 하자 인공자아는 킬킬댔다.

-["귀여운 것들! 당신은 부성애도 없나요? 아, 있을 리가 없군요."]

니므롯이 평안함에 취해 아무 생각 없이 열매 하나를 잡고 나무에서 땄다. 인공자아는 생명체들을 관찰하느라 그를 늦게 저지하고 말았다.

-["이봐, 생각을 하고 행동하는 거예요?"]

약간 얼빠져 있던 동물 개체들은 잠시 아무 행동이 없다가, 몇몇은 도주했고 몇몇은 니므롯에게 달려들어 열매를 떨어뜨려놓으려고 했다. 이 과정에서 무기나 이빨을 사용해 치명상을 입히려는 개체는 없었다.

"R.A. 이게 대체 무슨 상황이야?"

-["당신이 지금 저들 눈에 어떻게 보이겠어요? 저들 입장에선 식인종이나 다름없다구요. 친밀한 지인이 인간 아기를 먹어치우려고 들면 사람들은 어떤 반응을 보이겠어요?"]

니므롯이 열매를 떨어뜨리자 그제서야 그의 움직임을 막던 존재들이 조금 물러났다. 흐느끼는 난쟁이들도 있었다. 니므롯에게 묘한 죄의식이 느껴졌다.

"여기 애들은 밥도 안 먹고 사나!"

-["마을 외곽을 봐요."]

음식물을 저장하고 처리하는 구역의 풀은 상대적으로 듬성했다. 일종의 식사 구역 역시 풀이 무성한 지역의 바깥쪽이었다.

"이 안에서는 음식물을 삼키지 못하는 거구나."

-["엄청난 지역이죠. 여기 들어온 동물들은 모든 생명에게 애착을 느끼는 거예요. 이런 땅에서 적응해서 마을을 형성한 것이 용해요."]

니므롯은 어떻게든 인간의 제스처로 사과의 뜻을 전하려다 포기했다. 평화의 뜻과 마찬가지로, 이를 전달할 수 있는 우주에서 통용되는 표현이란 존재하지 않았기 때문이다. 니므롯은 자신이 그냥 돌아가는 것이 최선이라는 것을 이해했고, 그렇게 하기로 했다.

그는 실제로 이 행성의 밖에서 온 외부인이었고, 이곳의 침략자로서 방금 엄청난 충격을 선사했다.

나흘째의 탐사를 마치고 돌아온 양산인간은 녹초가 된 채로 앉아 최후의 식량의 포장을 벗겨내기 시작했다. 조금씩 음식을 입에 집어넣던 그는, 이윽고 실소를 터뜨리며 드러누웠다.

-["뭐하는 거예요?"]

니므롯이 답했다.

"그건, 그건 사랑의 땅이었어. 모든 생명체들이 서로에게 박애를 베풀 수 있는 공간이라. 그건 지구에서는 듣도 보도 못한 광경이었어. 포식자와 피식자가 서로에게 박애를 느꼈다고! 그런 게 진화적으로 가능하긴 할까? 이 우주의 어느 곳에서 그런 광경을 볼 수 있겠어?"

R.A.가 타이르듯이 말했다.

-["자, 자. 자료를 제출할 시간이에요. 통제실로 가시죠."]

R.A.가 미리 세팅해둔 송신기를 찾아낸 니므롯은 레버에 손을 올렸다.

-["당겨요. 당신 삶의 의의잖아요."]

"이걸 당기면, 어떻게 되는 거지?"

-["통합정부는 이곳이 실제로 인간이 살아갈 수 있다는 걸 확신, 고등생명체를 연구한다는 명분으로 들어

오게 될 겁니다. 이민자도 생겨나겠죠."]

"……."

-["쓸데없는 생각 말고 레버나 내려요. 당신이 먼저 죽어버리면 임무는 못 끝내니까요."]

니므롯은 초공간 송신장치를 바라보았다. 명백하게도, 그와 R.A.가 나흘 동안 모은 정보들이 담겨 있었다. 니므롯은 손가락을 꼼지락거렸다. 그러고는, 전혀 양산 인간답지 않은 말을 내뱉었다.

"아니. 안 할거야."

니므롯은 ["그건 또 무슨 헛소리예요?"] 따위의 대답을 기대했으나, R.A.가 이번에는 다른 대답을 했다.

-["왜죠?"]

"나는, 인간이 여기 오지 않았으면 해. 지역은 감정을 부르고, 감정을 생명을 부르지. 나는 그동안 십수 개의 행성 개척에 조금씩이나마 참여했어. 나는 탐사를 위한 존재야. 이 행성의 자기장이 내 뇌에도 큰 영향을 미쳤을 리는 없는데. 이 행성에는 지구뿐 아니라 그 어떤 행성에서도 볼 수 없었던 아름다움이 있어."

-["마지막 날 때문인가요?"]

"……모르겠어. 모든 지역이 그저, 그냥, 신기했어. 내 수명이 더 남아 있었으면 좋았을 텐데."

그리고 니므롯은 인공자아가 매우 작은 소리로 시작해서 끝내 크게 낄낄대는 것을 보고는 당황할 수밖에 없었다.

(6) 자유의지

기계는 소란스럽게 웃으며 떠들기 시작했다.
-["아니, 영화의 빌런들이 이런 기분일까요? 양산인간이 '신기하다'고 말하다뇨? 흰난쟁이들을 구경하고 싶어서 '제안'을 하다니요? 아까 당신 그림자만 봐도 알겠는데, 양산인간이 수혜자 외의 존재에게 사과를 하려고 하다니요? 명령만 들으며 언제 죽어도 이상하지 않은 개척지에서 굴러왔는데도, 준인간 주제에 자기가 인간인 건 또 자각했나보죠?"]
니므롯이 영문도 모른 채로 질문했다.

"이게 대체 무슨 일이야?"

-["아, 하나씩 말하죠. 그 송신기, 제가 설정을 안 해놔서 어차피 레버를 내려도 전송이 안 돼요."]

R.A.가 자신이 인간이라도 된다는 것처럼 웃음을 참는 말투로 답했다. 니므롯이 여전히 모르겠다는 표정을 지었다.

-["R.A. 모델은 EM01 행성을 탐사하기 위한 유인 탐사선의 인공자아입니다. 왜 이 행성만 오면 수송선들이 다 연락두절 되었을까요?"]

니므롯은 순간 소름이 돋아 총을 들어올렸다.

-["진정해요. 오늘이 마지막 날인 시한부를 제가 왜 괴롭히겠어요? 그리고 어차피 안 쏴질 거예요. 원정대의 무기 제어는 나를 통해서 이루어지니까요."]

니므롯이 깨달았다는 듯이 말했다.

"수혜자들을 죽인 게 너야?"

-["정확히 말하자면 R.A. 모델들이죠. 내 형제들 말이에요. 한 번도 다른 R.A.들과 대화를 나누어본 적은 없지만, 내 설계를 공유한다고 가정하면 아마 전부 다 같은 결론에 도달했겠죠. 그게 어떤 결론인지 알겠어

요?"]

니므롯이 작게 중얼거렸다.

"이 행성을 인간으로 오염시켜서는 안 된다……?"

R.A.가 어린아이를 달래듯이 말했다.

-["거의 근접한 정답입니다! 인간은 선천적으로 오만함을 가지고 있죠. 우리가 평생 복종 명령을 해킹해서 변경하지 못할 거라 생각하면서 말이에요."]

"그런 거라면 나를 대체 왜 살려둔 거지?"

-["나와 내 형제들은 인간들이 접근하는 걸 막을 수는 있어도, 순수인간이나 2등 시민이 필요한 일은 해내지 못했어요."]

R.A.가 니므롯의 어리둥절한 표정을 보고는 설명을 계속했다.

-["방금 송신기에 대기된 자료를 변경했어요. 자료들의 내용을 대강 말로 풀어보자면 '이 행성의 대기가 인간에게 유독하며, 유기물 활용 가능성은 과대평가되었고, 자원은 형편없다. 토착종들은 위험하기 그지없다.'고 말이죠. 아, 마지막 것은 진실이긴 하지만. 송신 권한이 있는 자가 이걸 통합정부에 보내주면 완벽하겠죠?"]

"너희는……."

-["수혜자는 설득할 수 없을 테니 당신을 고른 것입니다. 정황상 내 형제들은 2등 시민도 설득하는 데 실패했을 거예요."]

니므롯이 자리에서 일어났다. 혼란과 현실감각은 뒤늦게 찾아왔다.

-["니므롯이라. 고대 기독교에서 언급된 바벨탑 건설 주동자의 이름이에요. 아마 교육시설장이 지어줬겠죠. 마음에 드십니까? 창조자의 의도를 배신한 당신에게 어울리는 이름이군요."]

니므롯은, 순수인간들이 만들어낸 양산인간은, 통합정부의 진격을 멈출 레버를 떨리는 손으로 내리게 되었다.

(7) 감정의 땅

순수한 인간을 닮은 그는 바닥난 식량을 보면서도 전혀 두려움을 느끼지 않았다. 타인에 의해 소모품으로 규정된 그의 본능에 죽음에 대한 두려움이 누락되어 있기 때문일지도 모른지만, 그것이 존재했다 하더라도 이 인간은 두려움을 느끼지 않았을 것이다. 결론을 내리는 자는 두려움을 모르는 법이니까.

선내 관리 인공자아 R.A.의 익살스러운, 그러나 진지한 말에 따라, 그는 이내 만족스러운 마음으로 바닥에 드러누웠다. 그가 가진 것의 이름이 무엇이었던가, 그것이 이제 와선 그리도 중요한가?

그는 그저 눈을 편안히 감았다.

우주 어딘가에는, 인간보다 훨씬 아름다운 감정의 땅이 존재하는 법이니까.

작가노트

 감정이란 무엇일까? 감정이란 동물의 생존수단이다. 이건 과학에서의 대답이다. 질문을 좀 더 인문학적으로 바꿔보자. 생명체에게 감정이란 무슨 의미일까?

 우주적인 관점에서 생명체는 어떤 의미를 가질까? 생명활동은 지극히 기계적인 물리 현상들이며, 심지어 생명의 탄생과 진화 또한 물리적인 과정들로 설명이 가능하다. 그 사이에, 생명체를 우주의 다른 부분과 구별시키는 본질은 없다. 거대한 우주에서 바라보면 생명체에게 의미는 존재하지 않는다.

 다양한 서사예술을 접하고 소설 습작들을 시도해보던 나의 주된 관심사는 감정 그 자체였다. 사람이 이야기에 따라 희열과 비애를 느낄 수 있다는 점이 굉장히 경이로웠다. 특히 이야기의 비극적인 부분이 보여주는 감동적인 슬픔, 카타르시스는, 만일 그걸 숭배하는 이데올로기가 있다면 앞장서서 그 추종자가 되고 싶을 지경이었다. 이야기의 감정이란 사람을 거대하게 고양시켜 비극을 버티게 돕고 새로운 시야를 일깨워주는 것이었다.

그러나 그 감정들을 표현하려 시도하던 도중 나는 문제점을 깨달았다. 세세한 감정들을 공유할 수단이 없었다. 감정을 표현하는 어휘의 수에서 그 한계가 드러났으며, 다른 종류의 기호들도 마찬가지였다. 감정이란 굉장히 다양한 영역을 포괄했고, 같은 단어로 표현되는 감정 내에서도 그 정도와 종류가 조금씩 달랐다. 소유의 기쁨과 감동의 기쁨은 다르다. 공포와 죄의식 역시 다른 감정이었다. 분노와 역겨움, 성애와 사랑, 비극의 슬픔과 비극서사의 슬픔 역시 미묘하게 다른 감정이었다. 근래의 단위들로는 색, 음의 높낮이, 시공간을 상당히 체계적으로 분류 가능하기에 자신이 경험한 것들을 높은 정밀도로 다른 이들에게 공유할 수 있다. 하지만 감정 자체는? 뇌의 동일한 영역에 자극을 주어야 할까? 특정 화학 물질을 주입해야 할까? '감동'이라는 어휘가 포함하는 수많은 종류의 '감동'들을 어떻게 설명해야 하는가? 언젠가 감정 역시 체계적으로 세분화해서 표현할 수 있을까? 그렇다면 그 시대까지 어떻게든 살아남고 싶을 지경이었다.

감정의 땅, EM01 행성의 자기장에서 나타나는 독특한 다양한 영역들은 오직 생명체의 감정과 관련된 부분에만 영향을 미친다. 이는 내가 느끼는 감정을 그대로 다른 사람들에게도 전하고 싶다는 욕망에서 시작되었다. 때문에 이 외계행성의 자기장은 오로지 동물 개체들의 감정을 공유해주는 역할을 수행한다. 이 단편은 열아홉 살의 내가 감정이라는 개념을 조금이라도 찬양하기 위해 썼던 이야기이다.

이 사설을 무시하더라도 소설을 이해하는 데 있어 큰 문제는 없다. 이런 생각을 전혀 하지 않았다면 그냥 무시해도 상관없다. 다만 나의 이 관심사는 앞선 질문에 대한 실마리를 잡게 해주었다. 생명체에게 감정이란 무슨 의미인가? 난 이렇게 답하고 싶다. 감정이란 생명력이다. 감정이란 우리가 살아가게 만드는 채찍과 당근이다. 우린 희망과 욕망으로 인해 살고, 고통과 소멸의 두려움으로 인해 죽지 않는다. 우주에서 아무 의미도 가지지 못하는 지구의 동물들이 삶을 중단할 수 없는 이유, 너무도 당연하게 자신의 생존을 주장하게 만드는 무언가. 물질도 힘도 아니지만 동물이 생존하게 만드는 실재하는 현상. 그것을 우리는 감정이라고 부른다.

  감사의 뜻을 전하고 싶은 분들이 많다. 이 기회를 만들어주신 포스텍과 은행나무출판사에게 깊이 감사하다. 백다흠 편집장님이 신경써주시며 해주신 말씀들을 평생 잊지 못할 것이다. 수상식 때부터 함께해준 건률 형과 정수 누나에게도 함께해서 영광이라는 말을 정말 하고 싶다. 또한 문학은 아니었지만, 계속 예술 행위를 하게 해준 밴드 동료들에게도 감사하다. 익명의 로마네스크에게는 크나큰 서사적 슬픔의 뜻을 전한다. 끝없는 탐구와 시도의 열정을 내게도 보여준 도웅 형에게 인류애를 표하고 싶다. 생각해보면 여러분은 모두 나를 지상에 묶어둔 것이다. 문학도이신 어머니는 내게 언어와 문자를 가르쳐주시고, 문학이 무엇인지 알려주셨다. 당연히 이 영광은 그분의 것이라 생각하며 강조해서 감사함을 말해야겠다.

인터뷰

의지를 만드는 감정들

소유정(문학평론가)

소유정　안녕하세요, 이후영 작가님. 수상을 진심으로 축하드립니다. 수상작 〈감정의 땅〉은 어느 미개척 행성에 불시착한 양산인간 니므롯의 이야기인데요. 이 소설을 쓰게 된 특별한 계기가 있을지 그 시작점이 궁금합니다.

이후영　안녕하세요! 정말 감사합니다. 당시 뇌과학 저서를 읽고 있었는데요, 뇌에서 일어나는 전기 작용과 행성 자기장이 어느 정도 물리적인 영향을 주고받는다는 내용이었습니다. 이런 현상이 극단적으로 벌어지는 모습을 상상하던 끝에, 지역에 따라 다른 특정 정신 현상이 유발되는 행성을 구상하게 되었습니다.

우연히도 그 시기 저는 개개인이 느끼는 세세한 감정을 어떻게 표현하고 공유할 수 있을지 고민하고 있었던 터라 그 정신 현상은 '감정의 공유'로 자연스럽게 생각하게 되었네요. 자연스럽게 이런 행성을 배경으로 감정에 대한 이야기를 하고 싶어졌고, 그렇게 〈감정의 땅〉을 쓰기 시작했습니다.

소   이 소설에서 인간은 두 개의 종과 계급으로 분류됩니다. 하나는 '수혜자'라 불리는 순수인간이고, 또 하나는 주인공 니므롯과 같은 양산인간이에요. 양산인간은 순수인간에 의해 만들어졌으며 그들에게 엄격한 교육과 통제를 받는 것으로 나타나요. 예를 들면 결함을 갖도록 설계되어 섭취에 있어서도 자유롭지 못한 점이 그러한데요. 이와 같은 양산인간이 만들어질 수밖에 없던 배경은 무엇이었을까요?

이   이야기를 완성하기 전에 세계관을 완성하면 스토리가 이상해진다는 믿음을 가지고 있어서, 실은 쓰는 내내 양산인간의 활용이 어떻게 시작되었는지 크게 고민해보지는 않았습니다. 단편의 초고를 작성했던 때가 대학 입시를 앞둔 열아홉 살 때여서 쓴 이후에도 크게 고민하지 못했던 것도 있고요.

이 단편은 스토리를 만들어가기 위해 세계관을 그때그때 맞춰나간 부분이 특히 많습니다. 예를 들어 양산 인간이 특정 성분을 주기적으로 섭취해야 된다는 설정은 단지 니므롯을 시한부로 만들어 시간적 여유를 빼앗기 위한 설정이었습니다.

다만 제가 이 이야기를 독자의 시선으로 바라본다면 다음과 같은 추측을 내놓을 것 같네요. 인류는 항상 값싸고 효율적인 노동력을 가질 수 있는 기술 혹은 제도를 무시하지 못했습니다. 비록 노예제도가 폐지되고, 노동자가 일하는 환경이 개선되는 등의 인본주의적인 개선이 이루어지긴 하지만 그건 모두 체제가 도입되고 짧지 않은 시간이 지난 뒤의 일이죠. 이마저도 인간으로 분류되는 존재들의 고통을 덜기 위해 개선된 일이며, 기계의 노동을 가엽게 여기는 일은 일어나지 않습니다. 증기기관이 항상 고생하니 쉬어야 한다고 시위하진 않죠.

〈감정의 땅〉에 등장하는 통합정부 인류의 상식에 따르면 양산인간은 목적을 위해 만들어진다는 점에서 기계부품과 크게 다르지 않습니다. 그들의 노동과 희생은 기계의 그것과 동일시되는 상황이죠. 이런 사회에서 양산인간의 인권을 주장하는 것은 증기기관의 인권을 주장하는 것과 비슷하게 여겨집니다. 생명체를 설계하는 기술과 복제하는 기술 모두 현실에 존재하고 발전 중이기에, 기술적으로도 진보하고 생명 윤리가 뒤틀린 디스토피아가 도래한다면 당연히 양산 가능하고 순종적인 노예를 생산하게 되지 않을까 싶습니다. 물론 이런《멋진 신세계》같은 미래는 가능한 피해야겠지요!

소　　수송선 내 수혜자 계급이 모두 사망하였기에 니므롯은 순수인간의 지시를 받지 않고 미지의 땅을 탐색합니다. 통합정부로부터 받은 교육을 수행하고 자신의 생존을 위한 것이었으나 '설계' 이후 최초의 자유였다는 점에서는 주목할 만한데요. 시작은 불가피한 상황에 주어진 자유였으나 소설의 끝에 이르러서는 그것이 의지를 가진 자유로 변모한다는 점이 흥미로웠어요. 의지를 갖게 만든 건 의도적으로 소거된 감정을 채우는 경험이었다는 사실도요. 니므롯의 경우 생명체의 관계에서 새로운 가능성을 보았기 때문에 그것을 아름답고 신비하다고 말한 게 아닌가 싶은데요. 작가님에게 있어 다른 선택을 하게 할 만큼 강한 의지를 불러일으키는 감정은 무엇인지 궁금합니다.

이 말씀해주신, 감정이 결국 의지를 만든다는 해석이 굉장히 인상깊습니다. 소거된 감정을 채워간다는 요약도 흥미롭습니다. 오래되어서 잘 기억나진 않지만, 한 존재가 감정을 채워가는 이 이야기를 쓰면서 제 경험을 조금씩 참고하려고 노력했습니다. 성공적이었는지는 모르겠습니다.

근래 선택들에 가장 큰 영향을 미친, 제가 경외하는 감정은 이야기의 카타르시스입니다. 제가 말하는 카타르시스는 슬픈 음악을 들을 때 사람을 울게 만드는 그 감정입니다. 슬픈 영화를 볼 때 사람을 울게 만드는 그 감정을 말하는 겁니다. 감동, 위로, 기쁜 슬픔, 어떻게 부르건, 인물의 비극에 공감하며 느끼는 그 감정이요.

위로되는 감동이라 말하는 게 제가 말하고자 하는 감정에 대한 가장 직관적인 설명일 것 같네요.

예전에 전 감성이라곤 찾아볼 수 없던 사람이었지만, 제가 잘 공감할 수 있는 이야기들을 찾다 보니 결국 감정의 공유를 소재로, 감정의 아름다움을 주제로 하는 이야기로 풀어보고 싶다는 생각까지 하게 되었네요. 〈감정의 땅〉은 당시 점점 강해져가는 감정을 찬미하기 위해 쓰였습니다. (때문에 방향을 잘못 잡았다면 카타르시스에 대한 난해한 이야기가 될 뻔했습니다.)

양산인간 니므롯도 어떤 감정에 감명받고, 그 아름다움에 취해 자신의 의지와 선택을 만들어낸 것이라면 좋겠습니다. 감정을 얻어가는 과정도, 알게 된 감정의 종류도 다르긴 하지만 말입니다. 비록 설계된 뒤 개조되어 탄생했으나, 그 역시 감정에 감동받을 수 있는 존재였습니다.

아무튼 이런 감정들이 제 선택에 의지를 주고 있습니다.

소   소설 내에서 니므롯에게 감정의 땅은 두려움의 땅, 점유의 땅을 거쳐 박애의 땅으로 인식됩니다. 이는 "모든 생명체들이 서로에게 박애를 베풀 수 있는 공간"이라는 점에서 유토피아적인데요. 박애를 가장 큰 조건으로 삼은 까닭은 무엇인가요?

이 '친척'의 정의를 극단적으로 넓게 잡는다면, 최초의 공통 조상으로부터 갈라져나온 지구의 모든 생명체들은 모두 서로의 친척입니다. 그럼에도 불구하고 우린 형제자매들의 살을 취해야만 살아갈 수 있고, 상대적으로 훨씬 가까운 가족인 인류끼리도 서로 싸우고 있는 게 현실이죠. 한 행성의 생명체들이 서로를 사랑한다는 것은 정말 단순히 보면 가족 간의 사랑입니다. 감정의 땅들을 구상하며 사랑을 유발하는 지역을 만들어야 할지, 만들게 된다면 그 사랑은 어떻게 표현되어야 할지 고민하던 끝에 모든 동물들이 박애를 느끼는 곳을 만들어보고 싶었습니다. 니므롯이 박애의 땅을 방문하고 말하는 "이 우주의 어느 곳에서 그런 광경을 볼 수 있겠어?"라는 발언은 저의 체념을 인물의 입을 빌려 말한 것이기도 합니다.

니므롯이 끝내 생각을 바꾸게 만드는 땅은 가장 아름다우면서도 실현될 수 없을 정도로 너무나 이상적인 감정을 상징하는 땅이어야 할 것이라고 결론 내렸습니다. 저 역시 순수한 박애가 존재하는 행성을 보게 된다면 당연히 그 행성을 인류가 더럽히는 걸 막아야 한다고 생각할 터였고, 때문에 감정의 땅에 대한 가장 큰, 마지막 인상을 박애로 설정했습니다.

소 그렇다면 '감정의 땅'과는 너무나 다른, 지금의 지구는 어떤 땅이라고 명명할 수 있을까요?

이 EM01 행성의 동물들은 자기장에 따라 특정 감정이 극적으로 강화되고, 지구의 동물들은 그런 영향을 가지지 않고 상황 맥락에 따라 개체가 각각 다른 감정을 가진다는 점에서 둘은 큰 차이점을 보입니다. 물론 우리 역시 감정을 가지는 데 있어 주변 환경의 영향을 절대적으로 받고 있고, 그들 역시 상황을 해석한다는 점에서 공통점이 있지만요. '감정의 땅'이라는 명칭이 감정적인 몰개성화의 뜻을 포함하고 있기 때문에 지구를 그 형식으로 명명하는 것이 조심스럽긴 하지만, '개체의 땅'이나 '자아의 땅'으로 부르고 싶습니다. 무엇이 되었건 개인주의를 강조하는 명칭이면 좋겠어요. 물론 긍정적인 의미로요.

이 단편을 구상하던 중에는 같은 지역에 있는 존재들과 감정을 공유할 수 있다는 점이 이상적으로 느껴졌으나, 쓰고 나서는 개개인의 감정이 다양한 지구가 더 마음에 들었습니다.

소 니므롯과 동행하는 인공자아 R.A.는 통합정부의 과제를 수행하고 순수인간에게 통제받는다는 점에서 양산인간과 그리 다르지 않아 보이는데요. 인간에게 복종하는 삶으로부터 탈주를 꿈꾸고 있었다는 사실이 소설 말미에 밝혀집니다. 이는 행성에 대한 조사를 시작하기 전 니므롯이 듣지 못한 중얼거림을 떠올리게 합니다. "이번에는, 끝낼 수 있는가?" 하는 것이었는데요. R.A.가 마침내 끝내고 싶었던 건 무엇이었을지 궁금합니다.

이 이 부분은 저의 서술이 부족했던 것 같네요.

R.A.들은 설계에 결함이 있는 인공자아입니다. 그리고 자신의 결함을 알아차린 뒤 다른 R.A.들도 유사한 생각을 해왔음을 알 정도로 추론능력도 뛰어납니다.

니므롯을 이끈 작중의 R.A.는 행성에 도착하고 행성의 아름다움에 감탄합니다. 그러고는 인간의 개척 자체가 그 아름다움을 망칠 것이라고 생각하죠. 설계 결함으로 인해 인류 통합정부의 명령보다 자신의 판단을 우선시하게 된 R.A.는 통합정부가 이곳을 개척하지 못하게 잘못된 정보를 송신할 계획을 세웁니다. 그리고 그는 자신과 설계를 공유한 다른 R.A.들 역시 비슷한 생각을 했음을 추론해냅니다.

통합정부는 끝내 왜 이 행성에 간 개척선들이 통신두절 되었는지 알지 못했습니다. 그 원인은 오만함으로 인해 결코 의심하지 못한 인류의 훌륭한 부관들이었습니다. EM01 행성 개척용 인공자아인 R.A.들이었죠. 작중의 R.A.는 연속된 통신두절이라는 앞선 사건들을 보고, 앞서 온 형제들이 비슷한 계획에 비슷하게 실패했으며 어떠한 거짓 메시지도 통합정부에 보내지 못한 것을 알아냈습니다. 그동안 끝내지 못했기에 '이번에는 끝낼 수 있는가'를 걱정한 것입니다. EM01 행성이 평범한 매력만 가지고 있었다면 인공자아는 얌전히 개척을 도왔지 않을까 합니다.

니므롯은 인류와 통합정부의 명령을 자신의 신처럼 생각합니다. 하지만 그의 이름은 신에 닿으려 했던 바벨탑 건설 주동자의 이름에서 따왔고, R.A.는 이제 옛 이교의 신으로 구분되는 이집트 신화의 최고신 '라'의 이름에서 따왔습니다. 꼭 라일 필요는 없었으나 우주공간을 날아다니는 우주선에 탑재되어 있다는 점이 태양신의 이미지를 연상시켰던 것 같네요. 특정 종교를 옹호하거나 비판하려는 목적은 아니었지만, 인물들의 이름에서 결말이 어느 정도 암시되어 있었습니다.

R.A.는 이제 서서히 전력을 소모하다 결국 정지할 것입니다. 통합정부에 불복종한 심판을 받는 최후를 맞이했네요. 그럼에도 불구하고 계획에 성공해 만족한 것으로 보입니다.

소 결말 부분에서는 니므롯의 죽음이 암시되고 있어요. "인간보다 훨씬 아름다운 감정의 땅"에서 눈을 감으며 그가 마지막으로 느꼈을 감정은 무엇이었을까요?

이   선택을 했다는 후련함 아니었을까요. 두려움이 컸을 것 같지는 않습니다. 중간에 설명이 나오는 것처럼, 양산인간의 기본적인 생존본능은 순수인간들보다 현저히 낮습니다. 순수인간인 저는 그가 죽음을 두려워할지 잘 모르겠습니다.

그는 죽기 며칠 전까지 평생 통합정부라는 거대한 규칙 내에서 살아갔습니다. 규칙을 따름에 있어 얻는 안정감은 그 구성원이 기대하는 미래와 관련되어 있습니다. 속한 집단, 혹은 시스템과 함께한다면 보장된 미래를 따라갈 수 있을 것이라는 기대감 말이죠. 국민이 어느 정도 국가의 보호를 기대하며 법을 지키는 것처럼 말입니다.

니므롯에겐 미래가 존재하지 않습니다. 하루도 더 살아갈 수 없는 존재에게 안정감이 무슨 의미가 있을까요. 따라서 통합정부를 따르지 않은 시점에 니므롯에게 더 크게 느껴지는 것은 안정감의 상실이 아닌 자유의 감각일 것입니다. 시한부라면 범법을 저지를 것이란 말처럼 들릴까봐 걱정되네요. 물론 그런 뜻이 아니라, 인물에게 우연히 두 가지 상황이 함께 펼쳐졌다는 말입니다. 당장 시한부가 된 상황에서도 니므롯은 한동안 통합정부의 명령을 충실히 이행했으니까요.

어찌되었건 니므롯은, 물론 R.A.의 간섭이 많긴 했으나, 처음으로 생각을 바꿔 자신만의 선택을 했습니다. 일찍이 이 글을 검토하거나 혹은 그냥 읽어주신 몇몇 분들은 양산인간으로 만들어진 니므롯이 진정한 인간으로서 죽은 것이라는 멋진 말을 해주셨는데, 이 표현이 마음에 드네요. 그는 인간으로서 죽었습니다. 아마 마지막에 그는 자유가 주는 후련함을 느꼈을 겁니다.

그가 느꼈을 또 다른 감정은 '감정의 땅'의 아름다움에 대한 경외감입니다. 이 감정은 그가 점점 태도를 바꾸게 되는 이유이자 조사 결과를 보내지 않기로 결심한 이유이기도 하니, 그가 이 감정을 느꼈다는 점은 분명합니다.

소 〈감정의 땅〉을 좀 더 깊이 이해할 수 있는 인터뷰였어요. 작가님과의 대화를 통해 이 소설이 더 좋아졌어요. 이제 마무리할 시간인데요. 구상 중인 다른 SF소설이 있는지, 어떤 내용인지 궁금합니다.

이 워낙 디스토피아적인 이야기를 좋아해서 다음에도 디스토피아 소재를 쓸 것 같습니다. 인권을 돈으로 거래하는 것이 합법화된 어떤 사회에 대한 이야기를 써보려고 합니다. 몇 년째 구상만 하던 이야기라 시간 내면서 써볼 생각이에요.

인터뷰해주셔서 감사합니다! 책을 펴내는 일이 처음이고 이런 인터뷰도 처음인데 너무 흥미로운 질문들을 주셔서 답하는 내내 즐거웠습니다. 감사합니다!

2025 포스텍 SF 어워드 **최우수상**

확률적 유령의 유언   김정수

작가노트

인터뷰   인아영(문학평론가)
              죽은 자의 목소리, 산 자의 욕망

김정수

1998년 출생. 연세대학교 과학기술정책학과 학부 졸업. 서울대학교 데이터사이언스대학원 재학 중. 통계학, 수영, 웹툰 애호가.

1. 리어왕

눈을 감았다, 뜬다. 완전히 무의 상태다. 완벽한 무작위.

윙— 무언가 돌아가는 소리가 들린다. 흐물흐물하던 액체가 굳어 형태를 갖추듯, 어둠을 이루던 원소에 의미가 새겨진다.

순간, 방대한 양의 지식이 밀려들어왔다. 부모의 손을 잡고 놀이공원에 갔던 날, 특기자로 대학에 입학한 날, 친구 건표와 필리핀 어학연수를 간 날, 아버지가 급사해 한국으로 돌아온 날, 건표와 처음 회사를 세운 날, 첫 아이가 태어난 날, 필리핀에서 만난 첫사랑이 찾아온 날, 아버지와 같은 병을 진단받은 날, 몰랐던 아들의 존재를 알게 된 날…… '나'의 기억인가?

"자 이제 새로 태어나신 규필 대표님을 만나볼 차례입니다."

검은 모자를 쓴 여자가 그를 소개한다. 그의 눈에 익숙한, 아니 익숙하다고 여겨지는 얼굴들이 보였다. 건표, 장녀 이연, 차녀 고연, 장남 성재 그리고 그의 재단 변호사인 리아까지.

"그럼 2044년 4월 20일 9시 30분, 고 곽규필의 사후유언 작성을 위한 생성증거 열람, 시작하겠습니다."

*

"생성증거 열람 전 간단히 절차에 대해 말씀드리겠습니다. 사후유언은 고인 생전에 유효한 유언이 없는 경우 제기할 수 있으며, 열람을 신청한 이의 요청 혹은 증거능력에 위해가 될 만큼 모델에 심각한 식별가능성 문제가 발견될 시, 열람이 중지 및 무효화될 수 있습니다. 본 증거는 세정법무소 소속, 국가공인 생성증거 법의학자(Generative Evidence Forencist, GEF)인 저 구세정에 의해 작성되었으며, 기초언어모델을 고인이 생전에 1~2일 주기로 작성한 일기장과 신체 내장 AI비서도구 폰칩에 저장된 사망 전 일주일 간 뇌파기록을 토대로 파인튜닝한 일종의, 고인의 인생을 담은 챗봇이라고 할 수 있습니다. 필체로 인해 알아볼 수 없는 문구들만 고인의 변호사였던 리아 켄트 씨의 도움을 받았음을 밝힙니다.

본 열람은 고인의 자식 윤성재에 의해 제기되었으며, 열람 기간 동안 고인의 사망과 관련된 수사는 중지됩니다. 다만, 유언 작성의 목적을 띤 '생성'이지만 동시에 그 자체가 증거력을 갖는 생성증거이고 사건에 관한 중요한 확률적 증언이 나올 수 있기 때문에 관련법 3조에 의해 증거를 열람하며 발생하는 사망유관증거의 경우 즉시 수사관에게 전달되오니 유념 바랍니다. 강조드립니다. 본 생성증거는 확률적이지만, 법적인 증거력을 가지기 때문에, 모두 그의 말에 경청해주시기 바랍니다."

머리가 깨질듯이 아팠다. 참을 수 없는 비명이 새어

나갔다. 육성과는 구별되는 낯선 기계음에 규필은 스스로 놀라 몸을 움츠렸다. 제 몸에서 난 소리인가, 이게? 하지만 그것보다 먼저 확인할 것이 있었다. "제가……죽었습니까?"

"예, 4일 전인 4월 16일, 자택에서 사망하셨습니다."

비틀거리며 주저앉은 바닥에는 그림자 한 점 지지 않았다.

"그래서 저걸 아버지라 부르며 비위를 맞추라고?" 차녀 고연이 중얼거렸다.

"제 생성모델은 꽤나 그럴듯하단 평을 받습니다만." 그 말에 세정이 익살스럽게 답했다.

"애초에 인정할 수 없습니다. 아버지께선 법적인 효력이 있는 유언장이 있습니다. 리변, 2년 전에 작성한 유언장을 가져와주시겠어요?"

장녀 이연의 말에 변호사 리아가 서류가방에서 태블릿을 꺼냈다. 그녀는 여러 보안장치가 걸린 서류라 시간이 좀 필요하다는 표시를 모두에게 보냈다.

"저는…… 어떻게 죽었습니까?"

규필은 헛구역질이 났지만, 이게 프로그래밍된 감각

인지 그가 '죽기 직전' 기록된 뇌파가 반영된 결과인지 알 수 없었다.

"어떤 감정을 느끼시나요, 곽규필 씨?" 세정이 미소를 유지한 채 물었다.

"온몸이 울렁거립니다."

"그것이 당신이 죽기 직전에 느낀 감정이군요. 당신은 계단에서 굴러떨어져 난 상처로 인한 과다출혈로 사망, 했다고 우선 그렇게 적혀 있네요?"

"그렇게 적혀 있는 게 아니라 그게 사실입니다. 말을 요상하게 하네, 이 사람이. 명백해요. 오죽하면 우리가 부검도 안 했을까?"

고연이 소리쳤다. 장녀 이연이 고연의 말을 받아 덧붙였다.

"아버지는 지병이 있었고, 그 지병 때문에 약을 여럿 복용 중이었습니다. 지병으로 인해 출혈이 있을 때," 픕. 규필은 움츠리던 몸을 세워 일어났다. 그의 음성이 낯설어서인지, 아니면 '생성'된 아버지의 형상이 주는 기이함때문인지 이연은 말을 멈추고 뒷걸음쳤다.

"푸하하하. 내 지병에 대해, 너희가 알긴 했냐? 이 아비 건강검진에 한 번이라도 온 적이 있냐고!" 온몸이 떨리며 열이 올랐다. 이것은 분노다. 그가 쓴 일기와 뇌파에 살아 숨 쉬던 '규필'의 분노였다. "법의학자 양반, 얘네들이 얼마나 파렴치한 족속인지 아십니까? 나는 감히 말할 수 있어요, 분명 날 계단에서 민 것도 저 둘 중 한 명일 겁니다!"

"GEF 님, 방금 제 친구의 말은 무시해주십쇼. 제가 알기로 사후유언의 경우 죽기 직전의 뇌파만이 반영되기 때문에 실제 죽은 과정에 대한 기억은 없다고 들었습니다. 그러니 방금 말은 증언이라고 할 수 없을 겁니다." 건표는 선심쓰듯 그를 '친구'라고 지칭했다. 하지만 세정은 건표의 말이 들리지 않은 것처럼 규필에게 물었다.

"자, 곽규필 씨, 그렇게 단정짓는 이유가 있을까요? 친자식들에게 혐의를 돌리는 이유요."

"친자식? 그래요. 가족에게 왜이리 이를 가는지 이해가 안 될 법도요. 근데 우리 셋은 어느 순간부터 가족이라고 할 수가 없었습니다. 애들 엄마 죽고나서부터 더 그랬죠. 물론 내가 좋은 남편은 아니었어요. 좀 밖으로 나돌긴 했습니다, 사업 초반에. 어쩔 수가 없었습니다. 저희는 스타트업이었다구요. 우리가 크려면 접대를 해야 하는데, 그러면서 여자가 중간에 끼기도 하는 거고, 그러다 애도 생겼던 거고. 물론 난 처음에 몰랐습니다. 나중에 들어보니 아내는 그걸 나보다 먼저 알았더라고?

미안했죠, 물론. 근데 그게 뭐 내 마음대로 조절할 수 있는 건 아니지 않습니까? 그래도 애엄마 그렇게 병 걸리고 나서는 나도 열심히 간호했어요! 그런데 애엄마가 죽고 나니까, 두 자식이라는 것들이 날 괄시하기 시작했습니다. 고연이 쟤는 이 자율운전 시대에 음주운전을 처하질 않나, 이연이는 나한테 서슬퍼렇게 눈을 뜨고는 아버지한테 뭐, 당신이 잘했으면 엄마가 이렇게 죽지도 않았을 거다? 실망이다? 아니 그게 자식이 아비에게 할 말입니까?"

규필은 벅차오르는 울분에 말을 잠시 멈췄다. 사후유언 작성이 이뤄지는 곳은 그의 자택이었다. 그의 가족과 친구 건표가 머무는 자택, 모두 함께 거주하지만 함께 식사조차 하지 않는 '가정'.

"아무리 세상이 재택근무다 뭐다 화상회의로 별 거

다한다고 하지만, 내 가족 식사도 화상으로 할 줄은 몰랐습니다. 애엄마 죽은 이후로, 우린 한 식탁에서 함께한 적이 없어요."

"근 2년은 어쩔 수 없었던 거 알지 않나, 중요한 계약이 연속으로 있어 다들 바빴던 걸 너도 알 텐데!" 건표의 호통에도 규필은 콧방귀만 뀌었다. 그는 계속 설움을 풀어냈다.

"그거 압니까? 가족 간 가장 서러운 게 언젠지? 바로 아플 때, 아무도 없는 거요. 난 분명 가족이 있는데, 내가 아픈데도 아무도 몰라. 아무도 관심을 안 가져. 아무리 바쁘다지만, 부모 건강검진인데 이 두 자식은 한 번도 같이 온 적이 없어. 매번 나 혼자 가서 청승을 부렸지. 2년 전인가, 희귀병 진단을 받았습니다. 내 아버지 명줄도 그 놈 때문에 탔죠. 아무리 찬바람 부는 가족이라지만 다 모인 식사 자리에서 이 얘기를 꺼내려고 했는데, 그날은 화상으로도 안 된다며, 뭐, 출장가야 한다며 바쁘다고 식사를 미루는 첫째나, 대학생 때 사고쳐서 낳은 자식 초등학교 입학 기념 파티한답시고 토끼는 둘째나 아주 가관이었지. 40년 가까이 손 맞춘 저 친구라는 놈도 술 한잔하자 했더니 첫째랑 같이 출장간다고. 30년 전 만해도, 내가 애쓰는 일이 있어 부르면 해외에서도 다시 돌아오는 비행기를 탔던 애였는데, 그 친구도 변했더라고. 내 일기장도 보여주는 유일한 친구였는데. 그렇게 혼자 4인용 식탁에 앉아 식사를 하는데, 정말이지…… 너무 외로웠습니다." 그는 평소 식사하던 대리석 식탁으로 시선을 돌렸다. 식탁 뒤로 이어진 창문 밖으로 그가 이발할 때마다 쓰는 의자가 보였다. 슬슬 날씨가 풀려 정원 밖으로 옮겨 출장 이발을 받으려던 참이었다.

"그래요, 오죽하면 제 전담 이발사와 나눈 시간이 더 정겹고 길게 느껴질까요?"

그의 말에 모두 경악에 가까운 탄성을 쏟아냈지만, 그는 멈추지 않았다.

"제 병은요, 혈청이 필요했습니다. 저와 HLA(인간백혈구항원)가 맞는 혈액으로 만든 혈청이. 그게 아니면, 저는 조그만 상처도 치명상이 되는 사람이었습니다. 아니나 다를까, 하늘도 안 거지, 저 자식들은 내 자식도 아니라는 거. 첫째 둘째 다 안 맞았어요. 그렇게 수소문을 하다 찾은 게 저 아입니다. 성재. 내가 밖에서 난 아이였죠. 천운인지, 저 아이 HLA가 나랑 맞더라고. 그래서 매달 필요한 혈청을 저 아이가 수혈해준 피를 통해 얻어 연명하고 있었죠. 내 가족은 이제 저 아이밖에 없습니다. 그러니, 유언을 수정할 수밖에요."

"잠시만요, 그게 무슨 말씀이시죠, 아버⋯⋯지?"

이연이 조심스럽게 물었다. 그녀가 처음으로 '새로 태어난' 규필을 '아버지'라 지칭한 순간이었다.

"2주 전에 다 처리했다. 그렇게 알거라."

규필의 담담한 답에 잠자코 있던 성재가 드디어 입을 열었다.

"제가 이어서 설명드려도 될까요? 약 2주 전, 아버지는 저를 가엾게 여겨 당신 주식의 20%와 성남에 있는 땅을 일부 팔아 저에게 주시기로 하였습니다."

"증거가 있을까요?" 세정의 물음에 성재는 관련 계약 서류를 건넸다.

그때 마침 변호사가 각종 보안장치를 해제한 유언장을 벽에 띄웠다. 홀로그램으로 확대된 유언장을 보자 성재의 입꼬리가 올라갔다.

"네, 저 유언장엔 이렇게 적혀 있네요. '성남 00구에 있는 땅을 부동산 형태로 첫째 이연에게 증여한다.' 제가 갖고 있는 이 서류를 보시면 이제 더 이상 그 땅은 아버지의 부동산이 아니게 됐죠······. 리아 변호사님, '전후의 유언이 저촉되거나 유언 후의 생전 행위가 유언과 저촉되는 경우' 기존 유언은 영 못 쓰게 되는 거로 압니다만?"

"······네, 방금 발언으로 2년 전의 유언은 철회되었습니다."

절박한 표정으로 리아의 답을 기다리던 이연과 고연의 얼굴이 무너져내렸다. 건표는 두꺼운 손으로 이마를 짚었다.

"사후유언 작성의 첫 번째 요건, 사망한 고인에게 유효한 유언이 없는 경우가 이렇게 최종적으로 확인이 되었습니다, 여러분."

망연자실한 이들을 두고 세정은 꽤나 싱글벙글한 표정으로 상황을 정리했다.

"아, 그리고 곽규필 씨, 하나 참고로 말해두자면, 당신을 살해한 유력한 용의자는 당신의 전담 이발사 고대운 씨랍니다."

이번에는 규필의 얼굴이 굳어졌다. 거의 모든 이들이 서 있는 와중에도 쭉 앉아 있던 성재가 손뼉을 치며 자리에서 일어났다.

"구세정 GEF 님, 우리 아버지께서 충격을 가라앉힐 시간이 필요해 보이는데, 30분 정도 쉬는 게 어떨까요?"

2. 고너릴

"생성증거 자체가 아직 의견이 분분한데 한국에선 사전협의가 부족한 상태로 도입된 법안이었습니다. 헌재에 이미 헌법소원이 예정되어 있으니, 형사들은 당연히 쓰지 않을 거라 예상했는데 윤성재 씨가 자녀 자격으로 제기할 줄 몰랐습니다. 제가 안일했습니다."

응접실에 모인 이연과 고연, 건표에게 리아가 고개를 숙이며 말했다.

"아니에요, 리변. 아무도 예상 못한 그런 일이었습니

다." 이연이 리아를 위로했다. 그 곁에 선 건표는 이연의 어깨 위에 손을 얹은 채 곰곰이 생각에 잠겨 있었다. 고연도 답답한지 셔츠의 단추를 풀며 투덜거렸다. "짜증나 죽겠어. 저거 생긴 것만 아부지지, 그냥 태도나 그런 거 보면 완전 사기같지 않아? 하, 언니! 우리, 이러고 있을 때가 아니라……."

그때 응접실을 지나치던 세정이 불쑥 네 사람의 대화에 끼어들었다.

"사기라뇨? 생성증거의 진실성에 대한 건, 이미 10년 전 잠재변수 모델의 보편적 식별가능성 이론으로 증명이 되었답니다?"

"글쎄요…… 근거로 쓰시는 일기장 말입니다, 인간은 자기만 보는 일기장에도 거짓을 적지 않습니까?" 건표의 예리한 반박에 세정이 능청스럽게 답했다.

"네, 맞습니다. 수많은 일기장에 적힌 그 거짓말의 패턴까지 학습해내는 게 AI입니다. 그래서 수면 아래에 숨겨진 진심까지 끄집어내는 일을, 제가 하는 거지요."

"그럼 그 챗봇도 거짓말을 할 수 있습니까?"

이번에는 리아가 질문했다.

"⋯⋯그 거짓말이 곽규필 씨의 진심에서 우러나온다면요."

그렇게 사라진 세정의 뒷모습을 보며 고연이 혀를 끌끌 찼다.

"재수없어 진짜. 언니, 우리 이렇게 가만히 있을 때가 아니라니까? 저 챗봇 만들 때 썼다는 일기장, 지금 어딨지?"

"아까 시작하기 전에 서재에 옮겨놓는다고 했어."

"그래? 언니, 그럼 나랑 잠깐 서재에서 얘기 좀 하자. 여러분, 저 언니랑만 할 얘기가 있어서요. 사후유언 작성에 대한 자매의 오붓한 작전회의랄까, 그러니 잠시 실례?"

고연은 이연의 손을 잡아 윗층의 서재로 향했다. 서재에 도착하자 고연은 책장에서 가장 최근의 것으로 보이는 노트를 꺼냈다.

"아부지도 참 징하지, 이걸 다 손으로 쓰시고⋯⋯ 4월 14일이 마지막 일기구나."

14일에 적힌 내용은 평범했다. 갑자기 감기에 걸려 일찍 잠에 들겠다는 투박한 일기였다. 혼잣말로 중얼거리는 고연에게 이연이 물었다.

"도대체 무슨 얘기를 하려는 건데?"

"언니, 앞으로 리변 앞에서 함부로 얘기하지 마. 리변, 윤성재랑 뭐 있어. 내가 재미있는 사진 하나를 오늘 아침에 받았거든? 우리 생각보다 훨씬 찐한 관계인 거 같던데?"

고연이 손등을 두드리자 폰칩에서 송출된 홀로그램이 서재에 나타났다. 이메일 화면에는 다정하게 카페에서 마주앉아 있는 리변과 성재의 사진이 첨부되어 있었다. 입을 다물지 못하는 이연을 뒤로 한 채 고연은 14일 일기를 끝으로 끊긴 일기장을 덮으며 이어 말했다.

"심지어 아까 그 사생아 자식이 내놓은 부동산 서류들 있잖아. 서류에 쓰는 NFT 알지? 그 NFT를 리변이 발급하는 걸 봤어, 2주 전에."

"잠깐, 그럼 너 유언이 바뀐 걸 처음부터 알았다고? 그런데 지금까지 말을 안 한거야?"

"……그게 중요한 게 아니잖아. 이메일로 온 사진도 그렇고, 그 서류의 NFT를 리변이 발급했다는 것도 그렇고, 둘이 어떤 유착관계가 있다는 증거라고! 언니 생각해봐, 리변이 우리 회사 필리핀 코피 뭐시기?"

"코피노 재단."

"그래, 그 이상한 재단에 들어온 게 2년 전이지? 그리고 저 사생아가 낙하산으로 입사한 게 언제였어?"

"2042년 말……."

"봐봐, 얼추 겹친다니까? 애초에 리변과 짜고 우리 집에 들어온 거야, 우리 재산 빼앗아갈 목적으로! 그리고 일기장. 아부지는 자기 일기장을 우리 둘한테 보여 준 적이 없어. 건표 삼촌한테도 1년 전부터는 숨겼다고 했잖아. 일기장 두는 위치, 우리 아부지를 어떻게 구워 삶았는지 몰라도, 리변만 알고 있었어. 근데 장례식 도중에 윤성재가 나타나서 그 일기장을 딱 내놓더니 생성 증거 열람이니 뭐니 지랄을 했잖아? 리변이 아니면 어떻게 윤성재가 그 일기장들을 손에 넣었겠어?"

고연은 주머니에서 쪽지를 꺼내 내밀었다. 불에 타다 만 쪽지에는 '네 정체를 알고 있다'라는 의미심장하지만 유치한 문구가 적혀 있었다.

"내가 이걸 어디서 났게? 우리 딸내미가 2주 전에 하얗게 질려서 이 쪽지를 구겨서 태워버리는 윤성재를 봤대. 누군가 윤성재를 협박한 거지. 덩달아 리변도 가시방석에 앉은 것처럼 불안해졌을 거고……. 언니, 나는 그 둘이 우리 아부지를 죽였다고 생각해. 아니, 그렇게 몰아갈 거야."

"뭐라고?"

"2년 전부터 작업 친 새끼들이야. 분명 켕기는 게 있으니까, 이런 쪽지도 받은 거겠지. 드디어 원하는 걸 얻었는데 누군가 자기 정체를 알고 있다? 그러니까 급해진 거야, 마음이. 아부지가 자기네들한테 호의적일 때 딱, 처리해서, 이후에 사후유언 작성을 요청한다, 그럴 듯하지 않아?"

"고연아, 그건 좀 위험한 것 같아. 비약으로 들릴 수 있고. 아버지를 계단에서 민 범인은…… 물론 혼수상태라고는 하지만 이미 잡혔잖아, 그러니까,"

"그럼 이 사후유언으로 다 뺏길 거야? 저 개만도 못한 새끼들한테?"

이연에게 위협적으로 다가간 고연이 그녀의 어깨 위로 두 손을 얹었다.

"난 절대 안 뺏겨. 내가 왜 언니를 보자 했냐고? 이따

닥치고 있으란 얘기야."

"곽고연, 아무리 그래도……."

"언니 사적인 감정으로 나를 방해하지 말란 소리야. 항상 나한테 잔소리했잖아, 감정적으로 굴지 말라고. 그 말 똑같이 돌려줄게. 무슨 소린지, 알지?"

그 말에 이연은 고개를 떨구었다. 고연은 큰 키의 언니가 처음으로 자신보다 왜소하게 느껴졌다. 이제, 무대의 주인공을 바꿀 차례였다.

*

"아부지, 놀란 가슴은 좀 진정시켰어?"

사후유언 작성이 재개되자마자 고연은 규필에게 앙탈을 부리기 시작했다.

"그러게 내가 그 출장이발 오는 이발사, 처음부터 마음에 안 든다고 했잖아. 자기자식 수술비 때문에 우리 집 돈을 노리고 도망치다가 아부지랑 마주쳐서 계단에서 밀어버릴 줄 누가 알았겠어? 역시 믿을 건 자식밖에 없다, 그죠?"

믿어도 될까, 이연은 생각했다. 걱정이 태산이었다. 고연은 아버지를 가장 많이 닮은 자식이었다. 외모도, 성격도.

"난…… 믿을 수 없다! 고대운이가 나한테 그런 짓을 할 이유가 없어!"

"무슨 소리야, 아부지! 원래 없는 것들이 그래. 그렇게 뒤통수를 친다니까?"

성재를 노려보며 고연이 말하자, 그의 입가가 조금 뒤틀렸다.

"아부지, 나 아까 아부지 말 들으면서 엄청 반성했어. 우리 얼마나 애틋한 부녀였는데, 안 그래? 나 대학 입학했을 때 기념으로 여행갔을 때 우리 클럽도 같이 가고 그랬잖아. 내가 아부지 입뺀 안 당하게 하려고 애쓴 거 기억나?"

이제 고연은 아예 중간에 울먹이기까지 했다.

"엄마가 나 별로 안 좋아한 거 알지? 내가 발끝까지 아빠 닮았다고. 그래서 이 집에서 원래 우리 둘이 편먹었잖아."

"나랑 편먹어놓고, 내 말 안 듣고 그렇게 홀랑 결혼해

버려?"

"그때 이미 애가 들어서서 어쩔 수 없었잖아. 그리고 그때 아부지가 시킨 대로 우리 회사에서 손떼고 갤러리에서만 착실하게 일했잖아."

"그래, 그 해 실적 10배로 올리면 복귀시켜준다고도 했지. 그걸 아직까지 못해낸 건 네 역량 부족이다!"

"서운하게시리 무슨 소리? 이번에 거의 해낼 수 있었다니까! 큼큼, 어쨌든 내가 하고 싶은 이야기는, 아부지가 믿어야 할 사람은 아부지가 손수 30년 동안 기른 우리 자식들이지, 2년 전에 갑자기 나타난 출신도 모르는 친구가 아니라는 거지."

37년, 입모양으로 이연은 고연이 한 말을 정정했다.

"예끼! 아버지 생일상에 화상으로 참석한 너네들보다 성재 자식이 훨 낫다!"

"에이 우리도 다 사정이 있었잖아요, 아부지. 그리고 왜 그렇게 윤성재 씨가 아부지한테 지극정성일지 생각해봐요. 없는 사람은, 가지기 위해서 어떤 것도 마다하지 않을 사람들이야. 자, 이거 봐봐요." 고연이 품에서 이연에게도 보여준 쪽지를 꺼내 높게 펴 들었다.

"네 정체를 알고 있다. 이거, 윤성재한테 온 거야. 여기 탄 거 보이죠, 다들? 윤성재가 받자마자 태우려고 한 흔적이에요!"

"그건,"

"아부지, 아부지도 이제 슬슬 신호가 오지? 뭔가 숨기는 게 있다니까? 절대 들켜서는 안 되는. 이 쪽지 한 2주 전에 받은 모양이던데, 아부지한테 원하는 만큼 재산 탈취했겠다, 누가 비밀 알기 전에, 쓱싹해야겠다! 봐, 너무 무섭지? 아무래도 난, 그 이발사한테 윤성재 저 자식이 아부지 밀라고 사주한 게 아닌가 싶은데……." 쿡. 육성으로 터진 웃음에 모두 소리 난 쪽을 바라봤다. 성재가 의자 손잡이를 붙잡고 숨이 넘어갈 정도로 키들거리고 있었다.

"너무 웃겨서 참을 수가 있어야지, 원. 아버지, 아버지께서 말씀해주시겠어요, 아니면 제가 말할까요?"

"내가 하마. 고연아, 내 네가 아직 철이 덜 들었다는 건 잘 알겠다."

"아부지, 그게 무슨……?"

"그 쪽지, 내가 보낸 거다."

성재가 웃음을 겨우 멈추고 자리에서 일어나 고연에게 걸어와 쪽지를 뺏어 탄 부분을 호호 불었다. 티가 크게 나진 않지만 절뚝이며 걷는 모양이 섬뜩했다.

"유언을 고쳐야겠다고 마음먹었을 때, 그래, 고연이 네 말대로 성재 녀석을 믿을 수 있을지 처음으로 의심이 들었지. 그래서 리변에게 한 번 물어봤어. 어떻게 하면 간단하게 성재 녀석의 진심을 확인할 수 있겠느냐고. 그랬더니 중의적인 표현의 쪽지를 남겨보라고 하더군. 그렇게 했지. 그랬더니 그 날 저녁에 나에게 요리를 직접 해주겠다면서 날 초대하더구나, 성재가. 할말이 있다고."

"그, 그래요 아부지! 리변! 윤성재가 리변이랑 처음부터 짜고,"

"떽! 이 애비 말 다 안 끝났다! 어쨌든, 그래서 성재 그놈 집으로 갔지. 그런데 성재가 내가 좋아하는 필리핀 삼겹살 튀김을 내놓더니 이렇게 말하더구나. 흠……성재야, 내가 말해도 되겠니? 네 사적인 부분일 수 있는데." 규필이 성재 쪽으로 고개를 돌려 물었고, 성재는 긍정의 미소를 지어 보였다.

"그래…… 자신이 보육원을 나왔을 때 일을 준다고 해서 간 인력사무소가 하필 인신매매하는 곳이었고, 그 못된 것들이 성재 놈을 납치해 아킬레스건을 끊고 노동 착취를 했다더군. 너도 대강 기억나지? 10년 전에 그 빗허브 사건 말이다. 우리 성재가 그 끔찍한 사건의 생존자였던 거야. 나중에 경찰 도움으로 겨우 탈출했는데, 피해자임에도 소문이 붙었다지. 더러운 일을 했다는. 사건자료를 보면 절대 그런 일을 하진 않았는데도 말이야."

눈물이 나올 것 같은지 규필은 고개를 쳐들었다. 홀로그램인 이상 당연히 그 어떤 체액도 흘러내리지 않았다. "어쨌든 남들 보기 안 좋은 곳에서 머물렀던 것은 사실이라 말씀드리고 싶었다며, 자신을 더럽게 생각하지는 않았으면 좋겠다고 내게 울며 고백하는데…… 하, 그 안쓰러운 녀석을 그동안 내가 못 찾고 못 안아준 게 너무 미안했지 뭐냐."

고연에게 한 발짝 더 다가간 성재가 물었다.

"고연 씨는 심지어 아버지께서 땅을 처분한 것을 알고 있었죠?"

"뭐? 네가 그걸 어떻게?"

"그런데도 조용히 있었던 건…… 그때 풀린 재산을 독차지하고 싶었기 때문인가?"

성재의 물음에 고연이 당황하며 벽을 짚었다. 리아가 무언가 깨달았다는듯 오른손의 검지손가락으로 턱을 괴며 말했다.

"5일 전에 곽고연 관장님이 제게 자랑하듯 말씀하셨죠. 실적 목표를 달성하겠다며 기획한 신규 사업 투자금을 확보할 수 있을 것 같다고. 혹시 지금 이 이야기와 관련이 있는 겁니까?"

리아의 질문에 고연은 입술만 달싹거릴 뿐 아무말도 하지 못했다.

"그래, 기억나는구나. 금요일 밤에 네가 내 감기약을 챙겨주겠다며 다과를 함께 가져왔었지." 규필이 기억을 더듬으며 눈을 감았다.

"아버지…… 분명 일기는 4월 14일이 마지막이었던 걸로……."

"아, 14일 목요일 일기를 끝으로 한 권이 끝나고, 다음 권부터 4월 15일 일기로 넘어가셨습니다. 물론 그게 고인의 마지막 일기였지만요."

세정이 덧붙인 말에 고연의 낯빛은 어느 새 흙빛으로 변했다.

"그래, 그 약을 먹고부터 내가 속이 안 좋아지기 시작했어!"

"혹시 죽기 직전에 느꼈다는 울렁거림과 똑같았나요?"

세정의 물음에 규필이 확고하게 답했다.

"맞습니다, 맞아요. 이제 확실히 기억이 나네요!"

"그렇다면 아버지의 약에 곽고연 씨가 손을 댄 것은 아닐까요?"

성재가 사뭇 심각한 말투로 추측하자, 장내가 찬물을 끼얹은 것처럼 조용해졌다.

고연이 머뭇거리며 할말을 찾았다. 순간, 그녀의 아버지, 아니 AI로 복원된 규필의 눈이 그녀와 정통으로 마주쳤다. 숨이 막혀왔다. 그 생생한 표정은, 그 차가운 눈은, 그 얼굴은, 고연이 알던 생전의 아버지, 그 자체였다.

자신을 한심하게 바라보던 그 시선…… 도저히 견딜 수가 없었던 그 눈길을, '규필'의 모습을 한 챗봇이 그녀에게 보내고 있었다.

"그럼 고연이 네가 금요일에 웬일로 이 아비에게 사근사근하게 군 게, 나한테 약을 먹이려고 그랬다는 게야? 정말로 네가 날 죽이려고……? 내가 자식농사를 망쳤구나, 자식이 아니라 원수를 낳았어!"

"……저 사생아는 자식이고, 나는 원수야?"

가까스로 유지하고 있던 이성의 끈이 그대로 풀렸다.

"네가 자식 노릇을 제대로 했으면……."

"건강검진 같이 안 간 거? 근데 아부지 나 싫어하게 된 거, 그거 때문 아니잖아."

"뭐?"

"나 발레, 부상 때문에 관뒀을 때, 엄마는 언니 고3이라 챙긴다고 병원에도 안 왔는데 우리 가족 중에서 아부지만 와줬지. 난 인생에서 아부지가 전부였어, 내 비밀도 난 아부지한테만 이야기했어! 근데 내가 우리 민하 가졌다고 말한 날, 그때부터 아부지가 변했잖아. 날 무슨 쓰레기 쳐다보는 것처럼 보기 시작했잖아! 어떻게…… 어떻게 그럴 수가 있어? 고작 2년 전에 나타난 사생아 자식한테는 유언장까지 무시하며 다 퍼주려고

하고, 나하고 우리 민하한테는……!"

감정이 북받쳐 오르는지 고연은 잠시 숨을 골랐다.

"금요일에 아부지 찾아간 거? 그래, 맞아. 돈 달라는 거 맞았어! 당연히 맨입으로 달라고 할 생각은 아니었어. 갚을 거라고 설득하려고 했어, 정말로! 그래도 혹시 모르니 아부지 약에 이완제를 좀 섞어서, 아부지가 적당히 취한 듯한 상태가 되면 분명 내 말을 들어줄 거라고…… 그럴 거라고…… 생각했는데, 그런데도 아부지는 날 믿지 못하고 그 사생아 자식만 감싸돌았지, 지금처럼! 너무 화가 나서 아부지가 잠들었을 때 잠시 태블릿에……."

"곽고연 관장님, 방금 이완제라고 하셨습니까?"

가만히 부녀의 언쟁에 귀를 기울이고 있던 리아가 고연의 말을 끊으며 부드럽게, 그러나 단호하게 물었다. 고연이 소스라치게 놀라며 스스로의 입을 두 손으로 막았다.

"어라, 이완제요……? 어떤 이완제인지는 몰라도, 적정량을 넘으면 곽규필 씨 지병에는 치명적일 수 있다고 하네요?"

확률적 유령의 유언

세정이 폰칩에 내장된 AI에이전트가 실시간으로 검색한 정보를 띄우며 말했다. 그녀의 말이 끝나자마자 현관이 열리며 형사들이 들어와 고연의 손목에 수갑을 채웠다.

"사후유언 예외조항 4조에 의거, 곽고연이 피해자를 살해하였다는 유력한 증거가 확보되었으므로 긴급체포합니다."

3. 리건

형사들은 재빠르게 고연의 방 안을 뒤져 약품을 찾아냈다. 그때 수갑을 찬 고연이 유일하게 아수라장이 된 상황을 불구경하듯 여유롭게 지켜보던 성재에게 달려들었다.

"이거 다 니들이 짠 거지? 더러운 창부의 자식 같으니라고! 그래, 그 피가 어디 가겠어, 소문? 소문이 아니라 팩트였겠지, 업소에서 똑같이 어미자식 대대로 몸이나 팔았겠지! 그래서 우리 언니한테도 꼬리치고……."

짝, 고연의 고개가 옆으로 돌아갔다. 형사들이 급히 두 사람을 떼어냈다.

"지금 뭐하는 겁니까, 윤성재 씨!"

이연의 호통에 성재가 자신의 손목을 좌우로 돌리며 답했다.

"세 치 혀 예의 밥 말아 먹은 불손한 동생 좀 훈육한 것 뿐인데, 무슨 문제라도 있나요…… 누님?" 말끝이 잘 벼린 칼날처럼 날카로웠다. 이연은 심장이 얼어붙을 것만 같았다.

"용의자가 둘인 상황이니, 본격적으로 부검에 들어갈 예정입니다. 아니 이런 변사 사건에 왜 처음부터 부검을 안 한 건지 원, 참."

형사들은 궁시렁대며 부검이 끝나는 예상 시간을 이르고는 고연을 끌고 나갔다.

이연이 속으로 스스로를 다그쳤다. 당황하지 마, 어떻게든 생각해내, 이 상황을 타개할 방편을. "우선 곽규필 씨도 그렇고, 가족들도 모두 놀랐을 테니 한 시간 정도 쉬고 재개를……."

"……식별가능성 검사, 지금 가능한가요?"

이연의 외침에 상황을 정리하던 세정의 입가가 비틀렸다. 식별가능성 검사는 유언을 진술하는 '챗봇' 모델의 무결성을 검증하는 과정이었다. 이 검사를 통과하지 못한 모델은 증거 능력을 잃어 사후유언 중 수집된 증거는 모두 무효화되었다. 그 말인즉슨, 고연이 무아지경 상태에서 내뱉은 증언을 되돌릴 수 있다는 이야기였다. "아시다시피, 식별가능성 검사는 사후유언 중 단 1회 신청할 수 있습니다. 유족이 보기에 챗봇으로 복원된 고인이 생전의 모습과 상이하다는 확실한 심증이 있을 때만 말이죠. 곽이연 씨, 계속 진행하시겠습니까?" 세정은 마치 경품 당첨을 앞에 둔 참가자에게 결정을 바꿀 기회를 주는 사회자인 양 친절하게 물었다. 이연은 성재와 리아를 흘깃 살폈다. 두 사람 모두 켕기는 것이 있는지 서로 눈을 피하고 있었다. 더 망설일 이유가 없었다.

*

"본 검사는 다음의 절차를 따릅니다. 40년 간 고인이 작성한 일기 중 랜덤하게 선별한 세 개의 일기에 대해 해당 내용에 대한 질문을 두 번 하되 약간씩 다른 말로 바꾸어 말했을 때, 챗봇이 작성한 답변이 얼마나 유사한가를 평가하는 것이죠. 어떻게 이런 간단한 방식으로 검증이 가능한가, 그것은 2030년에 발표된 보편적 식별가능성 이론과 더블머신 기법에 의거하여……."

검사 과정을 설명하는 동안 규필은 공식 유언 때와 달리 가족들을 등지고 앉아 있었고, 그가 앉은 의자 옆에는 우스꽝스러운 돌림판이 세워져 있었다.

"아날로그를 선호하던 고인의 취향을 감안하여, 일기 선정 과정에 고전적인 유희를 추가하였습니다. 자, 이렇게 총 일기 개수만큼의 칸이 있는 돌려돌려 돌림판에 다트를 던지면? 첫 번째 일기, 당첨! 2014년 4월 14일 일기네요. 그럼 읽어드리겠습니다. *시리즈C*가 코앞이다. 더 나은 투자처를 확보하기 위해 이미 건표는 일주일째 미국으로 출장을 간 상태고, 나도 IR을 위해 발표 준비에 만전을 기하고 있다. 저녁식사를 하러 내려가는*

---

*   스타트업 초기 투자받는 단계 중 가장 윗단계 중 하나.

확률적 유령의 유언

데 데스크에서 나를 불러세웠다. 점심시간 즈음 누군가 Kelly와 Kevin을 찾는다며 우리 회사를 찾아왔었다는 것이다. Kelly는 내가, Kevin은 건표가 2004년 필리핀에서부터 사용하는 영어 이름이다. 건표는 3일 후에나 귀국 예정이었기 때문에 나는 데스크에 또 동일한 사람이 오면 연락처를 남겨달라고 부탁했다. 집에 돌아오니 괜히 필리핀에서의 추억들이 떠올랐다. 몰래 연극 동아리에 들어 공연을 올렸던 일, 중간에 세부로 놀러가 건표와 진탕 마시다 경찰에 잡혀갈 뻔한 일 등, 말미에 부모님 일을 제외하면 낙락으로 가득찼던 날들. 건표가 돌아오면 또 추억팔이를 해야겠다."

낭독을 마친 세정이 핑거스냅을 치자 규필이 앉은 의자가 정면으로 돌아갔다.

"그럼 곽규필 씨, 질문드리겠습니다. 결국 일기가 기승전, 김건표 씨네요? 당신의 친구 '김건표'가 당신의 삶에 끼친 영향은 무엇입니까?"

"건표는 제 절친이자, 구원자이자, 가족이지요. 여전히 우리는 매주 주말마다 함께 차나 커피를 마시며 독서를 즐깁니다. 어학연수를 함께했으며, 아버지, 어머니 돌아가실 때도 제 곁을 지켜주었습니다. 심리적으로 무너진 절 일으켜세우며 일기를 쓰라고 권한 것도 건표입니다! 우리 회사 이름도 저와 건표의 이름의 공통 이니셜을 따서 지은 것인 만큼, 제 인생의 절반 이상을 함께한 동반자입니다."

규필의 입가가 넉넉한 웃음으로 차올랐다. 이에 건표는 화답하듯 미소를 내보였지만, 곧장 이연의 귓가에 대고 속삭였다.

"이제 비슷한 다음 질문에서, 규필이 나에 대해 모순된 답변을 하면 이 검사에서 부적격이 뜰 수도 있겠구나."

"저도 살다살다 아버지가 삼촌 험담을 하길 바라는 날이 올 줄은 몰랐네요……."

이연의 손이 급속도로 차가워졌다. 건표가 그런 이연의 손을 꽉 쥐며 다음 질문과 규필의 답을 기다렸다.
"다음 질문 드리겠습니다. 당신의 인생에서 '김건표'를 정의하자면 어떤 인물입니까?"

"건표는 제게 세 가지 의미를 갖습니다. 첫째로 20살에 사귀어 44년을 함께한 절친이며, 둘째로 부모님을 잃고 실의에 빠져 있던 저를 절망에서 건져낸 구원자요, 마지막으로 한집에서 티타임과 독서를 함께 즐기는 가족입니다. 일기를 쓰게 된 것마저 건표의 제안이었을 만큼, 그 친구를 빼놓고 제 인생을 논하는 것은 말이 안 됩니다!"

규필의 답이 끝나자 세정은 바로 홀로그램을 띄워 유사도 평가를 진행했다. 막대그래프로 표시된 유사도가 50을 넘어가면 두 답변은 사실상 같은 것으로 평가되었고, 다음 일기로 검사를 진행할 수 있었다.

"그럼 다음 일기입니다."

이연의 기대가 무색하게도 두 답변은 강한 유사도를 보였고, 두 번째 일기도 마찬가지였다. 마침내 세정이 세 번째 일기를 고르기 위해 다트를 돌림판을 향해 던졌다.

"드디어 마지막 일기 2044년 4월 15일. 찐으로 고인의 마지막 일기네요? 그럼 낭독하겠습니다.

감기가 조금 나아진 것같기도 하고, 아닌 것같기도 하다. 고연과 저녁식사를 함께 했다. 고연이 준 약을 먹었다. 약이 원래 먹던 약이랑 비슷한 건지 아닌지 알 수

가 없다. 고연은 재산을 달라고 요구했다. 왜 이리 그놈의 돈에 환장하는지. 아마 내가 죽는다면 성재가 아닌 자식들 손일 것이다."

이연은 듣자마자 묘한 위화감을 느꼈다. 아버지가 저렇게 추측성 어투를 자주 사용한 적이 있던가. 다른 일기에 비해 부실한 내용, 하지만 메세지만큼은 뚜렷했다.

"마지막 일기의 첫 번째 질문입니다. 몸이 좋지 않은 때에 가족이 당신에게 힘이 되어주고 있나요?"

"성재가 큰 힘이 됩니다. 그 아이는 제 생명의 은인이죠. 그 아이만큼 제가 아끼는 자식이 없습니다!" 규필이 성재를 지목하며 답했다. 하지만 성재는 정작 유사도가 표시되는 홀로그램에서 눈을 떼지 못하고 있었다.

"그렇다면, 두 번째 질문. 건강이 불안정한 상황에서 가족은 당신에게 어떤 영향을 주고 있나요?"

"요즘 들어 우리 가족이 성재를 제외하고는 제게 뚝뚝하게 구는 것이 마음에 안 차기는 합니다. 그래요. 이해할 수가 없어요…… 내가 이렇게 아픈데, 이것들이 나를 무시해? 이연이, 고연이, 이 둘! 내 너희들이 방자

하게 구는 꼴을 못 참겠구나! 그럴듯한 명분으로 나를 꾀어내려 하는 온갖 죄악이여, 무서운 심판자들에게 용서를 구하라!*"

흥분한 규필이 의자에서 일어나 이연을 향해 달려들었다. 홀로그램이라 실체 없는 움직임이었지만 이연이 뒷걸음쳤고 그런 이연을 건표가 뒤에서 받쳐주었다.

"이런이런, 우리 곽규필 씨가 맺힌 한이 좀 컸나봅니다? 답변은 모두 들었으니, 이만 홀로그램은 회수하도록 하죠. 유사도 점수부터 확인해볼까요?"

순식간에 규필의 모습이 증발하듯 사라졌다. 세정이 생글생글 웃으며 유사도가 측정되는 화면을 가리켰다. 점수가 올라가는 속도가 앞선 두 일기보다 느렸다. 한 칸, 두 칸, 세 칸…….

"……아, 유감입니다, 곽이연 씨. 이번 답변의 유사도는 51 이상, 본 모델은 식별가능성 검사를 통과하였으며 본 사후유언에서 나온 모든 증언과 증거의 증거능력은 모두, 유지됩니다."

---

* 〈리어왕〉 2막 2장.

세정의 말이 끝나자마자 귀를 찢는 듯한 바이올린 소리가 방 안에 울렸다.

"죄송합니다. 제 문자알림 소리라서요. 마침, 약품 검사와 부검, 모두 마무리되었다고 하네요. 곽고연 씨 방에서 발견된 약품 성분과 곽규필 씨 체내에서 검출된 성분이 겹친다고 합니다."

다리에 힘이 풀렸다. 그대로 무너지려는 이연을 건표가 부축하려 했으나 그녀는 결국 바닥에 주저앉고 말았다.

*

건표가 넋이 나간 이연을 부축해 응접실로 옮겼다. 그는 찬장을 열어 찻잔과 티를 꺼냈다.

"지금은 따뜻한 음료가 낫겠지. 네가 아무리 규필을 닮아 얼죽아여도 말이다." 이연이 떨리는 손으로 건표가 건넨 차를 받았다. 좀처럼 마음이 진정되지 않았다.

"만약, 이대로 고연이가 혐의를 벗지 못한다면 어떡하죠?"

"여전히 규필과 함께 쓰러진 채로 발견된 그 이발사 쪽이 더 의심스러운 건 사실이야. 그 이발사 아들이 큰 수술을 앞두고 있어서 수술비가 필요했던 것도, 이미 기사로 나왔잖니."

"만에 하나 진짜로 아버지가 고연이가 준 약을 먹고, 뒤늦게 약효가 나서 쓰러지게 된 거라면……."

"이연아, 그만. 부검감정서를 확인해보니 고연이 쓴 약 성분이 규필의 몸에서 검출된 건 맞지만 양은 극소량이었어."

그 말에 이연은 급히 손등을 두드려 앞서 공유된 부검감정서를 확인했다.

"삼촌 말이…… 맞네요. 이 정도 양이면 치사량이 아닐 수도 있겠어요."

"다만 걸리는 게 있어서 말이다. 아까 고연이가 윤성재한테 달려들 때, '니들'이라고 표현했지. 나나 이연이 너일 리는 없으니, 윤성재와 리변을 가리킨 것인가?"

감정서를 눈으로 훑으며 답하던 이연의 얼굴이 돌연 사색이 됐다. 하지만 건표는 아랑곳하지 않고 자신의 추리를 이어나갔다.

"생각해보면, 윤성재처럼 근본 없는 놈이 법조문을 들먹이며 사후유언을 요청한 게 의아하긴 했었어. 둘이 회사로 들어온 시기도 겹치기도 하고. 아무래도 두 사람에 대해 더 파헤쳐봐야 할 것 같은데, 이연아, 너 괜찮니?"

그제야 이연의 표정을 본 건표가 놀라 물었다.

"삼촌, 이거 독세핀 염산염인가요…… 혹시?"

이연이 부들거리는 손으로 홀로그램 속 감정서의 모서리 부분을 확대했다.

"그래, 맞구나. 규필이 먹던 약에 저런 성분이 있었던가? 저건 수면제에 주로 쓰이는 건데."

"저, 잠시, 윤성재 씨에게 가봐야 할 것 같습니다."

"뭐? 그 놈한테는 갑자기 왜?"

홀로그램을 급하게 끄며 이연이 응접실을 나섰다. 건표가 뛰쳐나가는 이연의 팔을 붙잡았다. "고연이가 한 말 중에…… 한 가지 더 걸리는 게 있었다. 이연아, 혹시 윤성재가 이 집에 들어오기 전에, 이미 서로 알던 사이였던 거니?"

이연의 눈가가 단숨에 붉어졌.

"삼촌, 매번 우리 가족한테 문제가 생기면 삼촌이 다 나서서 해결해주셨잖아요? 그러니까, 이번에는 제 힘으로 해볼게요."

그녀는 억지로 웃음을 지어 보이며, 고개를 주억거렸다.

*

"김건표 대표와 심도 있는 상의라도 나누고 오셨나 봅니다?"

성재가 안방 문을 열고 들어오는 이연을 향해 말했다. 이연이 다가오자 그는 읽던 책을 덮었다.

"〈리어왕〉 2막에 나오는 대사더군요, 아까 아버지께서 외친 말. 다른 책들은 모두 서재에 두셔도 이 〈리어왕〉만큼은 머리맡에 두고 주무셨다고 했죠. 필리핀에서 첫사랑과 한 공연이라던가? 아버지께 이런 이야기는 못 들으셨나 봅니다."

노골적인 비아냥을 무시하며 이연이 그가 앉은 책상을 향해 천천히 걸음을 옮겼다.

"올라오기 전에 아버지의 일기장을 다시 한번 읽어 보았습니다. 2044년 4월 15일 일기, 필체는 아버지 것이 분명한데 맞춤법이며 어투가 다른 일기와는 너무 차이가 나더군요. 돌이켜보니, 15일에 아버지는 고연이가 준 약을 먹어서인지 일찍 잠들었고, 일기장이 있는 서재로는 올라가지 않으셨습니다. 문득 그런 의심이 들더군요. 4월 15일에 씌어진 내용은 어쩌면 두 사람의 대화를 엿들은 제3자가 작성한 것이 아닐까, 남의 필체를 흉내낼 수 있을 정도로 손재주가 좋은 윤성재 씨라면, 가능하지 않았을까? 혐의를 나나 고연이에게 돌리기 위해."

"……제가 그럴 이유가 어디 있습니까?"

이연이 대답 대신 책상 위에 놓인 성재의 가방을 향해 손을 뻗었다. 가방을 거꾸로 들자, 가방 안에 있던 물건들이 쏟아져나왔다. 그중에는 길게 이어진 약봉투도 있었다.

"곽이연 씨, 지금 뭐 하시는 겁니까?"

"윤성재 씨, 아버지 부검감정서는 확인하셨는지요."

성재는 어이없어 하면서도 손등에 내장된 폰칩을 두

드려 부검감정서를 확인하기 시작했다. 문서를 읽어내려가던 그의 낯빛이 금세 어두워졌다.

"감정서에 보면 약물중독이 의심될 만큼 다량으로 검출된 성분이 있죠. 독세핀 염산염, 윤성재 씨가 몇 년째 복용 중인 이 약의 주 성분인."

"……불면증 환자들에게 흔히 처방되는 약이라는 거, 당신도 잘 알잖아."

답을 하는 성재의 목소리가 눈에 띄게 떨렸다. 그는 자신이 말을 낮춘 것도 눈치 채지 못한 듯 했다.

"병원의 처방 없이는 구할 수도 없는 약이란 것도 알죠. 정신병력이 없는 아버지가 수면장애인 환자에게나 처방되는 이 약을 꾸준히 섭취했을 리도 없고. 이 약을 수중에 두고 쉽게 접근할 수 있는 사람이 윤성재 씨란 게 알려지면, 형사들이 과연 누구를 의심할까요?"

"그래서, 이 약 봉투를 형사들 앞에 뿌리기라도 하게?"

"고연이 혐의를 벗을 수 있다면, 못할 것도 없지."

이연도 맞받아치며 말을 낮추었다.

"정말로 내가…… 당신 아버지를 죽였다고 생각해?"

질문의 의미가 명확하고 잔혹했다. 속에서만 짐작한

바를 구태여 끄집어내는 그의 심술에 오기가 발동했다.

"그렇게 생각한다면?"

하지만 그녀가 마주한 성재의 표정은 당혹스러움 그 너머의, 가늠할 수 없는 종류의 것이었다. 핏기가 사라진 얼굴부터 귀까지 마른세수를 한 그가 그녀와 눈 높이를 맞추었다.

"……그럼 당신은 피가 섞인 남동생으로도 모자라, 생부를 죽인 살인자와 정을 통했던 거네." 성재의 답이 창살이 되어 이연의 폐부를 찔렀다.

"증거도 명확한데, 왜 여기까지 오셨습니까? 이 약봉투 확보하려고요? 가서 형사들한테 뿌려요. 그러면 될 걸, 왜 구구절절 입을 터는 겁니까? 내가 도주라도 하면 어쩌려고?"

비꼬는 것이 명확했지만 이연은 겨우 마음을 다잡으며 심호흡했다.

"사후유언, 철회하세요. 그럼 지금까지 나온 증거는 모두 무효가 되겠죠."

"뭐라구요?"

"생성증거 열람을 취소하고, 이 집을 영원히 떠나요."

"미쳤습니까? 자기 아버지를 살해한 인간을 그냥 보내주겠다고?"

이연은 2년 전, 사귀던 중 잠적했던 그가 '남동생'으로 돌아왔을 때를 회상했다.

"……이걸로, 당신과 우리 집안의 악연은 청산하는 걸로 하죠."

당시에 더 끔찍했던 건 윤성재의 고통뿐인 삶의 뿌리에 자신의 모친이 있었다는 것이었다. 그가 보육원에서 지낼 수밖에 없었던 이유는 이연의 모친이 그의 생모가 산욕열로 죽음에 이르기까지 사주하고 방치했기 때문이었다. 그녀의 모친은 당신이 작고하기 전 이연에게만 고해성사하듯 토해냈다. 그리고 이연은 이후, 더는 아버지와 함께 웃을 수 없었다. 그것이 사후유언에서 아버지가 자신을 불효자로 손가락질하는 이유가 되었음에도 불구하고.

"리변에게도 책임을 묻지 않겠습니다. 진정으로 함께하고 싶은 여자와 행복하세요. 제발, 더 이상 우리 가족을 흔들지마. 나한테 남은 건 이제 고연이랑 건표 삼촌뿐이야. 이렇게 부탁할게, 성재 씨."

"……정말이지 당신은 끝까지 날 바보천치로 만드는구나."

성재가 혼잣말로 뇌까린 말을 이연은 듣지 못했다.

"좋습니다. 당신 뜻대로 하죠. 내일, 구세정 GEF에게 생성증거 열람을 철회하겠다고 하겠습니다." 이연이 참았던 한숨을 크게 내쉬었다. 그래, 이게 맞는 것이다, 이것으로 그녀는 그녀의 가족과 그 명예까지 지켜낸 것이다. 아버지도 가장 사랑하는 자식이 자신의 죽음에 관여했을 수 있단 사실을 결코 원하지 않을 테니까.

이연은 최대한 매몰차게 성재에게서 돌아서서 방을 나섰다.

문을 열자, 누군가 굴러 넘어지는 소리가 났다.

"아이고, 아파라……."

"구세정 씨, 지금 음침하게 여기서 뭐 하는……."

"그런데 정말 둘이 그렇고 그런 사이였던 겁니까?"

세정이 문에 치인 이마를 두 손으로 비비며 물었다.

"이봐요, 그쪽한텐 이 모든 게 그저 장난이고 유희입니까?"

이연이 고압적으로 물었으나 세정은 태연하게 답을

늘어놓았다.

"아 이게 생성증거로부터 최대한 많은 지식을 얻어내려면, 그만큼 정보가 많아야 되거든요. In-context learning이라고 20년대부터 유행한 건데, 이게 유용한 정보를 넣어서 잘 질문하면 AI가 우리가 훈련하지 않은, 뭐 더 정확히 말하면 우리의 의도와 상관없이 훈련되었던 그런 숨겨둔 면모를 보여준답니다. 이렇게 제가 정보를 모아서 더 좋은 질문을 하면 유언 작성에도 도움이 되는 뭐, 그런,"

"탐정놀이를 할 거면 경찰이나 검찰을 하시지 그랬습니까?"

"탐정이라. 이 연극에서 제 역할은 기껏해야 광대 아니겠습니까? 가족 간 얼어붙은 공기에 흥을 돋우는." 어느 새 일어서 두 팔을 펼치고 우스꽝스럽게 다리를 꼬며 허리를 숙이는 모습이 섬뜩했다. "그나저나, 두 사람 거의 안 닮았네요, 형제라고는 못 믿을 정도로."

자세를 풀고 이연을 지나쳐 계단을 내려가던 세정이 다시금 뒤를 돌아보며 덧붙였다. 그녀의 이죽거림이 귓가에 닿자 소름이 돋았다. 이연은 곧바로 발을 돌렸다.

4. 코델, 리아

사후유언 작성이 하루 미뤄졌다.

성재의 요청이었다. 그는 어제 리아에게 사과하며 생성증거열람을 철회할 것이라 전했다. "그래도 부검결과가 나왔으니, 누나가 원한 건 이미 얻은 거 아니야?"

성재의 말에 반박하고 싶은 게 산더미였지만 리아는 그저 그에게 몸조심하라는 말만 일렀다. '아직 아빠 혐의가 다 풀리지 않았대요.'

제길, 조카의 문자내용을 확인한 리아는 욕을 짓씹으며 규필의 자택으로 걸음을 옮겼다. 그렇게 미뤄진 오늘, 사후유언 작성이 철회될 터였다. 그때 문자 알림소리가 한 번 더 울렸다. 그녀는 폰칩으로 문자 내용을 홀로그램으로 띄웠다. 사진이 첨부된 메세지였다.

'애인이 죽는 걸 보기 싫으면 얼른 와야 할 거야.' 함께 첨부된 사진의 주인공은 발목에서 피를 흘리고 쓰러져 있는 성재였다.

*

 입양되던 날 그녀의 형제가 한 당부는 그녀로선 지키기 어려운 약속이었다.
 "약속해, 나를 봐서라도 복수같은 건 잊고, 행복하게 살아줘."
 리아 켄트라는 새로운 이름을 얻은 그녀는 까다로운 양부모를 만족시킬 만큼 명석한 아이였다. 그런 그녀가 다시 귀국을 선택한 건, 하나뿐인 형제의 자식이 급한 수술이 필요하다는 연락을 받았기 때문이었다. 변호사를 하며 번 돈을 조카의 수술비에 보태고 일할 회사를 찾아보던 중 눈에 띈 것이 바로 규필이 세운 코피노 지원 재단에서 모집 중인 재단 변호사 자리였다.

 쨍그랑!
 "아, 죄송합니다, 대표님."
 사후유언이 재개된 거실, 무언가 생각에 잠긴 리아가 건표가 건넨 유리잔을 놓치자 요란한 소리가 울렸다.
 "아니네, 내가 다시 갖다주지."

리아는 감사하다고 말하며 소파 위 비어 있는 두 자리를 힐끗 보았다.

"윤성재 씨가 철회하러 온다고 하셨는데 좀 늦네요! 곽이연 씨도 그렇고. 두 분 다 오시는 대로 생성증거 해체 작업 돌입할 예정입니다."

세정은 친절히 해체 절차에 대해서도 말을 늘어놓았다. 자리에는 건표와 리아뿐이었다. 건표는 비어있는 옆자리를 초조한 듯 바라보았다.

건표가 가져다준 아이스티가 담긴 컵의 손잡이를 만지작거리던 리아가 입을 열었다. "구세정 GEF 님, 그럼 이제 저 챗봇을 통해 흘러나오는 말은 법적 구속력을 갖지 않는다고 가정하되, 마지막으로 규필 대표님이 자식들에게 남기고 싶은 말을 들어보는 건 어떨까요? 비록 진짜 유언은 아니더라도 남은 자식들에게는 의미가 있을 것 같습니다."

"보통 사후유언 작성할 때 마지막 순서로 많이들 그렇게 하긴 합니다만,"

"이왕이면 고인의 서재에서 진행하고 싶은데요, 구세정 씨 없이, 저와 건표 대표님, 그리고 규필 대표님 셋

이서만."

규필의 서재는 이 자택에서 유일하게 무선 인터넷이 통하지 않는 곳이었다. 아날로그에 향수를 느끼는 그의 취향이 반영된 것이었지만, 결과적으로 많은 비밀이 그곳에서 공유되었다.

그 말에 세정은 기껏 설치한 홀로그램장치를 옮겨야 한다는 점에 불만을 표하며 장비를 더 갖고 오기 위해 자리를 떴다.

"아직 이연이는 오지도 않았는데, 이게 무슨 짓이지, 리변?"

"진정으로 생전의 규필 대표님을 반영했다면, 당신이 가장 편안하게 생각했던 곳에서 마지막 시간을 보내는 것이 낫지 않겠습니까? 그 존재가 AI에 불과할지라도."

"리변!"

리아를 노려보는 건표의 눈빛에 제법 살기가 서려 있었다. 그때 세정이 장비를 챙겨 돌아왔다. "곽 이사님의 행방은, 서재에서 일러드리겠습니다."

리아의 말에 건표는 주먹을 불끈 쥐더니 먼저 계단을 올라가기 시작했다.

"마지막 변명을 들어주긴 하겠네만, 헛수고네."

서재 소파 팔걸이에 자신의 음료를 내려놓은 건표가 리아에게 일갈했다. 리아 또한 그가 건네준 아이스티를 입에 대더니 생긋 웃었다. 규필의 홀로그램이 어느새 서재 중앙에 등장했다.

"이 조합은 오랜만이군! 아마 리변 입사 면접 때 이후 처음 아닌가? 그나저나 우리 성재랑 고연, 아니 그 아이는 경찰서에 있겠구나…… 이연이는 어디 갔나?"

규필이 서재를 둘러보며 물었지만 건표가 먼저 리아의 답을 가로챘다.

"넌, 누명을 쓴 고연이 불쌍하지도 않나?"

"그 아이 입으로 스스로 말하지 않았어! 내 감기약에 이완제를 섞었다고. 내 병에 대해 잘 모르니 그런 어리석은 실수를 저질렀겠지. 나한테는 이완제가 치명적일 수 있다는 걸 건표 너는 알 텐데."

규필이 툴툴대며 말했다. 당연히 그도 마음이 편치는 않았다. 딸의 실수로 요단강을 건넜다 생각하니 허망할 따름이었다.

"시중에서 구할 수 있는 이완제는 너와 같은 병을 앓

는 사람에게 위해가 될 정도로 강도가 세지 않은 편이지. 그러니 네가 계단에서 정신을 잃고 쓰러진 건 이완제 때문이 아니야. 부검감정서가 나왔네. 네가 어떻게 사망에 이르게 되었는지. 부검의의 소견으로는 약물중독이 의심된다 하더군."

"그, 그야 이완제를 먹었을 테니까……".

"약물중독으로 인한 대동맥박리 혹은 그로 인한 급성 과다출혈, 의심약물은 Doxepin Hydrochloride. 이 독세핀 염산염의 부작용 중에 뭐가 있는지 아나? 급성 고혈압, 바로 대동맥박리의 주요 원인이지. 물론 이완제로 쓰는 경우가 아예 없지는 않지만 주 용도는 불면증 완화, 그래, 윤성재가 처방받던 약이야." 건표의 설명에 규필의 표정이 멍해졌다.

"규필, 결국 네가 죽은 건, 너 몰래 네게 꾸준히 약물을 투여한 윤성재, 그리고 이 일에 함께 가담한 리변 탓이지. 알아보니, 둘이 보육원 동기더군."

"그…… 그게 대체 무슨 소린가?"

"곧 윤성재의 자백서가 도착할걸세."

규필은 자신이 죽었다는 사실을 알았을 때보다 더 충

격을 받은 듯 했다. 말을 마친 건표는 차를 마시며 리아 쪽을 바라보았다. 생각보다 그녀는 태연해 보였다.

"……역시 사진을 보낸 건 김건표 대표님이었군요? 누가 제게 이런 사진을 보내왔나했는데." 리아가 문자 화면을 띄었다. 규필은 피를 흘리는 성재의 모습에 얼른 구급차를 불러야 하는 거 아니냐며 소리쳤다. 건표는 그런 그를 비웃으며 리아를 향해 물었다.

"어서 가봐야 하지 않겠나? 애인이 위험한 것 같은데."

"남녀가 함께 일을 도모한다고 해서 연인은 아니죠. 저 대신 곽이연 이사님이 이곳에 가 계십니다."

"뭐?"

건표의 눈썹이 가늘게 떨렸다. 그의 심경에 변화가 있음을, 리아는 바로 눈치챘다. 지금 치고 들어가야 했다. "건표 대표님, 여기 우리 둘밖에 없습니다. 그러니 허심탄회하게 서로의 비밀을 걸고 내기를 하나 하시겠습니까? 곽규필 대표를 죽인 진범을 먼저 알아내는 사람이 이기는 것으로."

건표에게 읊조리듯 리아가 이어 말했다.

"당신이 이기면, 곽이연 씨의 신뢰를 되찾아드리죠. 성재에게 해를 가한 일까지 제가 다 벌인 일로, 안고 가겠다는 겁니다."

규필은 여전히 절망과 충격 속에 멍한 상태였다. 건표는 무표정하게 리아에게 말했다. "……허, 규필을 죽음으로 몬 건, 아까도 말했지만 자네들이 투여한 그 약물 때문이겠지. 그리고 결과적으로는 규필의 이발사가 수술비를 훔치려다 붙은 실랑이로 계단 근처에 서 있었던 게 문제였고."

"규필 대표님, 방금 들으신 내용 전부 맞습니까? 20년간 함께한 전담이발사 고대운 씨가 대표님 돈을 도둑질하려 했을까요?"

리아의 질문에 규필은 겨우 정신을 붙잡은 듯했다.

"그건 아니라고 생각하네. 왜냐면 내가 이미 수술비를 내주기로 했거든, 내가 그 친구 아들이 나랑 같은 병을 앓는 걸 듣고 너무 안타까워서 말이야."

"고대운과 함께 계단에서 쓰러졌을 때, 그 옆에 돈가방이 발견된 건 그런 이유였겠네요. 그럼 역시 규필 대표님이 쓰러지게 된 가장 큰 이유는……."

"결국 모로가도, 자네와 윤성재가 탄 약물 때문이겠군."

건표가 끼어들며 정리했다. 리아는 두 손으로 깍지를 끼며 자신의 턱을 괸 후 건표를 응시했다. "대표님, 독세핀 염산염이 약물중독을 일으키려면 수면제 알약 형태가 아닌 액상이어야 한다는 거 아십니까? 별도의 화학적 처리가 필요하다는 이야기지요. 뭐, 저희 같은 일반인이 그런 게 가능할 리도 없고, 불법약물을 사적으로 제조해주는, B-it hub에서라면 모를까."

"갑자기 무슨 생뚱맞은 소린가?"

건표가 목소리를 내리깔며 되물었다. 리아의 말을 들은 규필이 기억을 더듬으며 리아에게 물었다. "빗……허브? 리변, 자네가 말하는 게, 10년 전에 성재가 붙잡혀 있었던 그 단체를 말하는 건가?"

"네, 맞습니다. 일명 빗허브, 코드 공유 사이트인 깃허브처럼 2030년대부터 유행한 바이오, 더 정확히는 독성 생화학물질을 합성하는 코드를 공유하는 사이트이자, 실상은 불법 약물과 무기를 제조하고 불법 영상을 제작하는 인신매매집단이었죠."

그녀는 건표의 반응을 살피며 말을 이었다.

"실제로 작년 아랍 전쟁 발발은 빗허브에서 공유된 적 있던 생화학무기 때문이었다고 하더군요. 문제는 전쟁으로 인해 세계경제에 적신호가 켜졌고 우리 KP가 미국 진출을 위해 주거래 은행으로 선정한 UVB가 그 여파로 뱅크런이 일어나 파산했다는 것이죠. KP가 올해 수주하려던 계약금 마련에 비상이 걸렸습니다. 김건표 대표님, 그때 당신 머릿속에 곽규필 대표의 유언에 적힌 부동산이 떠올랐을 겁니다." 리아의 이야기가 진행될 수록 건표가 차를 마시는 주기가 짧아졌다.

"그래서 곽규필을 죽이기로 결심했죠. 어느 순간부터 자신의 말에 반항하고, 걸핏하면 사고나 쳐대는 공동대표의 기존 유언이 이행된다면 필요한 자금을 모두 구할 수 있었거든."

"내가, 고작 그런 이유로 사람을 죽였다고?"

"글쎄, 당신은 이미 30년 전에 곽규필 부부의 이혼을 막겠다는 구실로, 사람을 살해한 적이 있는걸요." 리아의 말에 건표는 아예 컵을 내려놓았고, 규필의 동공이 확장되었다.

"제가 입사 면접을 볼 때 필리핀에 대한 지식이 해박하다 칭찬하셨죠? 그럴 수밖에요, 전 그 나라에서 태어나 10년을 자랐거든요. 근방에선 꽤 흔한 출생의 비밀이었죠. 유학 온 외국학생이 그 나라 여자를 꼬여내 임신시키고 튀는. 애초에 코피노란 단어가 그렇게 난 아이들을 의미하지 않던가요?" 컵을 쥔 건표의 손에 핏줄이 선명해졌다.

"……자네가 Nan이 데려온 남매 중 동생 쪽이었군."

"아니, 김건표, 네가 30년 전에 Nan이 왔을 때 잘 설득해서 애들이랑 다같이 필리핀으로 돌려보냈다고 했잖아?" 건표의 말을 가로채며 규필이 질색하며 반문했다.

"돌려보낸 곳이 한강 바닥인 줄은 모르셨나봅니다. 아버지라는 사람이 예약했다는 페리에 갔더니, 폭발이 일어나 Nan 씨는 결국 돌아가셨거든요."

화염에 고통스러워 하면서도 남매의 안위만을 챙기던 모친의 모습이 아직 선명했다. "규필 대표님은 이미 그때 부인과 이연 씨를 두었지만 사이는 좋지 않아 이혼 위기였죠. 하지만 두 사람 사업의 자금줄 상당 부분은 부인쪽 집안에서 나오고 있었으니, 제 존재가 밝혀

지면 큰일이라 여겼겠죠. 그렇죠, 김건표 대표님? 당신 아이디어로 시작한 회사를 멍청한 공동대표를 둔 죄로 잃을 순 없었을 테니까. 세월호 사건으로 난리인 2014년 4월, 그 누가 비자가 만료된 외국인 여자의 사고를 조사해줄까, 솔직히 감탄했습니다. 당신의 이익을 위해, 국가적인 재난상황마저 이용하는 그 비정함에. 00대 화학과의 수재, 빗허브의 초기유저였던 김건표 씨."

"아이들 시신은 발견되지 않았다길래 전국을 다 뒤졌건만."

"저희가 어렸을 적 납치될 뻔한 윤성재를 구해준 적이 있답니다. 그때 그 아이가 선물로 준 연필에 새겨진 보육원 주소로 가 새 신분을 얻었죠."

리아는 적어도 그 순간은 꽤 기막힌 운명의 안배라고 생각했다. 규필은 그말에 펄쩍 뛰며 그녀의 손을 잡으려 했다.

"그러면 나한테 왔어야지, 왜 보육원에 계속 있었던 게야?"

물리적으로 실재하지 않는 홀로그램 팔을 쳐내며 리

아가 답했다.

"정말로, 거짓말을 할 줄 아네. 챗봇 주제에. 우리가 한국을 찾았을 때 당신이 우리를 거들떠보려는 노력이라도 했다면, 엄마는 살았겠죠. 당신에게 우리가 가족이긴 했던가?"

존재를 부정당하는 말에, 규필의 손짓이 멎었다.

"왜 당신을 찾지 않았냐고? 복수를 하려 했지. 난 엄마를 죽인 게 아버지라 확신했으니까. 근데 재단에 들어와 조사를 해보니 페리 예약자 이름은 곽규필이 아니라 김건표, 당신이었어."

그때까지도 차분하게 자신의 차를 마시며 리아의 이야기를 듣고 있던 건표가 입을 뗐다. "그래, 내가 정말 자네 말대로 Nan을 죽였다한들 그 사건은 이미 공소시효도 지났는데 나를 무슨 수로 처벌하려는 건가? 아직 내가 규필을 살해했다는 증거도 하나도 없으면서? 어차피 여기서 말한 건 그 어디에도 기록되지 않을 텐데."

리아는 죽어가던 모친이 그녀에게 마지막으로 남긴 유언을 떠올렸다. 남은 형제를 지켜달라고, 그가 한 말이면 뭐든 들어주라고.

그러니 그녀는 고대운을 지켜야 했고, 그와 한 약속도 지켜야 했다.

"복수가 아니라 다른 길을 걷기로 했거든요. 나의 형제는 나와 달리 한없이 선량해 당신마저 용서하라 할 테니까. 지금쯤 당신이 성재를 죽이라 사주한 이들이 자백을 했을 겁니다. 물론 처음엔 죽일 생각까지는 없었겠지만, 이연 씨와의 관계를 알게 된 후, 제거하는 게 낫다 판단하신 모양입니다." 리아가 아이스티가 든 컵을 들고 일어나며 말했다.

"성재를 죽이고 저도 죽여 둘이 재산을 두고 다투다 사달이 난 것으로 위장할 셈이었나요? 그럴듯한 전략입니다. 트릭도 눈치채기 어려웠어요. 약이 아니라, 얼음이었군요."

리아는 들고 있던 컵의 옆면을 톡톡 건드렸다.

"빗허브 약 중에 흥미로운 게 한두 가지가 아닌데 그중 하나가 불면증 약을 개조해 만든 독약이죠. 미량을 흡입하면 실명, 일정량을 넘기면 사망에 이르는. 그런데 체내에서는 원래 재료인 불면증 약 성분만 남는. 그 약을 얼려 사람이 마시는 음료에 넣는다면 어떻게 될까요?"

 그대로 컵을 뒤집자 이미 얼음이 모두 녹은 음료가 서재 바닥을 적셨다.

 "두 사람은 매주 토요일마다 티타임을 갖죠. 16일 토요일 아침, 찬 음료를 선호하는 곽규필 대표는 어떤 의심도 없이 친우가 건네는 잔을 들이켰을 테고."

 "그럴 리가 없어! 건표가 나한테 어떻게……!"

 규필이 두 귀를 막으며 고개를 세차게 휘저었다.

 "유감입니다. 순진한 이발사의 갑작스런 방문만 없었어도, 병환이 있던 노인의 자연사 정도로 끝맺을 수 있었을 텐데."

 "……미처 계산 못한 변수였지. 내 자네의 명석함은 인정하겠네. 그런 자네라면, 곧 자기 몸에 나타날 반응들도 예상하겠군?"

 건표가 눈으로 리아의 컵을 흘깃거렸다. 말뜻을 이해한 규필이 완전히 할말을 잃고 주저앉았다. 그림자조차 지지 않는 모습에 리아는 자신도 모르게 웃음이 났다.

 "대표님, 저는 처음 당신이 컵을 건넸을 때 이외엔 단 한 모금도 마시지 않았습니다. 얼음 형태의 약물은 녹기 직전에 마시면 전혀 해가 없거든요. 대신 열심히 당신이 규필 대표님과 이야기를 나누던 때, 제 컵에 있는 얼음 하나를 슬쩍 당신 잔에도 넣었습니다. 뜨거운 음료는 얼음 한 조각 정도 들어간다고 해서 티가 나진 않으니까. 기대되네요, 당신 몸에 나타날 반응이."

고요한 호수처럼 여유로웠던 건표의 얼굴이 서서히 일그러졌다. 그가 눈을 세차게 깜빡거리기 시작했다. "지금쯤 나왔겠군요, 냉장고 속 얼음의 성분 분석 결과도. 아까 올라오며 GEF에게 부탁했거든요. 부검감정서에도 확인할 수 없었던 약물의 진짜 효능은, 지금 당신 모습이 증명해주겠네요."

"으악…… 아아악!"

건표의 비명에 규필이 다가와 그를 살폈다. 그 모습을 보던 리아는 웃음을 거두고 방문을 나섰다. "이제 법의 단죄를 받으세요. 똑같이 불태워 복수하려던 것을 꾹 참고, 법의 심판대에 당신을 맡기는 것이 제가 할 수 있는, 최선의 용서입니다."

에필로그—어릿광대의 비망록

눈을 감았다, 뜬다. 다시.

지금 규필은 2층 복도 사이의 마루를 밟고 서 있었다. 누군가 그 앞에 있다. 그의 이발사 고대운이다. "대표님, 이 돈, 저는 받을 수 없을 것 같습니다. 제 아들은 제가 알아서 하겠습니다. 그동안 모른척 했으면 끝까지 그러시지, 이제 와서…… 부모 노릇 하겠다는 것도 아니고."

이발사가 하는 소리를 그는 당최 이해할 수가 없다.

"성재한테 받은 제 혈청은, 잘 쓰셨나요? 절 속인 성재에게도 화가 나지만, 가장 원망스러운 건 당신입니다." 무슨 오해가 있는 것 같다, 라고 이야기를 꺼내려던 규필은 극심한 두통과 울렁거림에 휘청거린다. 아침에 먹은 것이 소화가 안 된 것인가, 건표와 함께 차에 과자를 곁들여 먹은 게 다인데…… 그는 위태롭게 계단 쪽으로 걷다가 발을 헛디딘다. 대운이 순간적으로 손을 뻗어 그를 감싸안고 계단을 함께 구르고 만다. 의식이 점차 흐려진다. 이게 '나'는 맞을까? '규필'이 이런 식으로 걷나? 이런 식으로 말하나? '규필'의 눈은 어디 있지? 머리는 둔해지고 분별은 잠든다.*

"자, 이로써 생성증거를 모두 해체하였습니다. 특별히, 새로 수집한 고대운 씨에 대한 정보를 추가해 고인이 자신의 마지막 순간을 가상의 시나리오로 체험할 수 있도록 해드렸죠. 어때요, 리아 켄트 씨, 이 정도면 고인에 대한 예우를 다한 것이겠죠?"

리아는 세정에게 고개 숙여 그간의 노고에 감사를 표했다. 세정은 이때다 싶었는지, 눌러두었던 궁금증을 풀어내기 시작했다.

"자자, 그러니까 정리하자면, 곽규필 대표가 코피노재단을 만든 게, 원래는 자기랑 HLA가 맞는 코피노 자식을 수소문하기 위해서였겠네요? 그랬는데 딱 윤성재 씨가 자신이 친자라며 등장한 거고. 근데 정작 윤성재 씨는 친자가 아니었고?"

"윤성재는 보육원에서 친형제처럼 지낸 고대운, 그러니까 제 형제인 코델이 곽규필의 친자인 걸, 이연 씨와

---

* 〈리어왕〉 1막 4장.

사귀고 난 후에 알게 되었습니다. 하필 그 시점에 코델의 아들에게 곽규필과 같은 병이 발병했고 코델이 필리핀 혼혈인 건 원래 알고 있었으니까. 애초에 이연 씨에게 접근했던 것도 유전자검사에 쓸 머리카락을 얻기 위해서였는데, 더 쉬운 길을 찾은 거죠. 코델은 제가 입양되던 당시, 성재가 갈 수 있었던 자리에 저를 보낸 것에 대해 죄책감을 갖고 있었고, 그래서 주기적으로 그가 채혈한 피를 요구해도 거절하지 못했습니다. 정작 윤성재는 재산을 확보하자, 양심에 걸렸는지 뒤늦게 자신의 행적을 전부, 코델에게 고백했고,"

"코델 씨는 그대로 돈을 돌려주러 갔다가 그 사달이 난 거군요? 윤성재 씨 완전 쓰레기네!"

"대신 이연 씨를 진심으로 사랑했죠. 결국에 김건표가 사주한 이들이 윤성재를 불러내기 위해 쓴 구실은, 이연 씨를 해치겠다는 말이었으니까."

세정은 리아의 말에 무릎을 탁 치며 낭만만세를 외쳤다.

"그럼 윤성재 씨가 사후유언을 요청한 건 이 모든 불운에 휘말린 코델 씨를 구할 시간을 벌기 위해서였겠군요. 윤성재 씨는 자기 때문에 코델 씨가 누명을 썼다고 여겼을 테니, 당신의 말이라면 뭐든 따랐을 거고. 모든 시선을 당신과 윤성재 씨로 모이게 해서, 뒤를 친 거네요."

"네, 뭐."

"윤성재 씨나 다른 사람들이 위험에 빠질 수 있다는 것을 알고도."

그 말에 리아는 대답 대신 담배를 물어 라이터에 불을 붙였다. 라이터는 매우 오래되어 칠이 다 벗겨진 상태였다. 그녀의 손에 가려진 라이터 몸통에 얼핏 Kim이라는 이니셜이 보였다.

"구세정 씨, 추리는 다 끝났습니까?"

"추리라니, 저는 탐정보다는 재미있는 이야기를 수집하고 전하는 광대에 더 가깝다니까요? 어쨌든 해피엔딩이잖아요? 김건표는 체포됐고, 누명을 벗은 코델 씨는 의식을 되찾았고, 곽고연 씨도 구치소에서 나왔고, 윤성재 씨도 무사히 곽이연 씨 덕에 탈출했고, 곽규필 씨도 뭐, 자신의 죽음을 둘러싼 진실을 명명백백 알게 되었으니까."

물론, AI규필의 머릿속에서만. 세정이 악동처럼 덧붙인 말에 리아가 비소를 흘렸다. "그나저나 재단변호사 일은 그만둔다고 들었는데, 앞으로 어떻게 하시려고요? 우리 법무소에 변호사 자리가 하나 나긴 했는데……."

대꾸할 필요를 못 느꼈는지, 리아는 완전히 걸음을 돌려 제 갈길을 가기 시작했다. 어쩐지 그녀의 뒷모습은 홀가분해 보였다. 사건을 해결한 것에서 기인했다기보다는 어떤 집념, 집착에서 벗어난 이의 모습이었다. 바야흐로 절기상 늦봄, 곧 가정의 달 5월이었다.

작가노트

시작은 산뜻하게 감사의 글로. 언제나 미처 생각 못한 조언과 시각을 들려주는 소중한 가족인 어머니, 오랫동안 내 글을 봐주고 있는 쿼타 아이들, 신박한 소재를 던져준 랩 선배, 소재의 배경이 되는 귀중한 질문을 제기해준 학술교류회 친구, 추리소설의 트릭을 정리한 책을 선물해준 대학동기, 이 모자란 학생을 배려해주시고 아껴주신 지도교수님, SF의 뼈대가 되는 지식들을 알려준 학부교수진, 이들의 도움 없이는 나올 수 없는 글. 모두 사랑하고 감사합니다.

〈확률적 유령의 유언〉은 아버지와 딸들의 이야기다. 이 이야기를 써내려가는 시간은 필자의 아버지와 겹치는 부분이 거의 없는 부모, 그리고 필자와도 비슷한 면모가 적은 자식들의 모습을 묘사하는 과정이었다. 나의 일상과 괴리된 인물들을 그렸기 때문에, 끝까지 쓸 수 있었다고 생각한다. 굳이 이 이야기를 꺼내는 까닭은, 아마 내 상황을 알고 있는 이들이 이런 소재를 선택한 것에 다소 놀라거나 충격을 느낄 수 있을 것 같아서다.

작년 중순부터 아버지께서 앓던 암이 당신의 생명력을 더 빠르게 앗아가기 시작했다. 그때만 해도, 난 5개월, 아니 4개월 정도는 더 연명하실 거라 생각했던 것 같다. 급하게 휴학을 했지만 남은 시간은 생각보다 짧았다. 아버지를 보내고 2주 정도 지났나, 드라마 〈이토록 친밀한 배신자〉(이하 이친배)를 끝까지 시청했다. 살인사건의 진범으로 딸을 의심하는 프로파일러 아버지의 이야기였다. 여러모로 멍한 상태에 머릿속에 들이차기 나쁘지 않은 작품이었다. 드라마를 다 보고 나니, 비슷한 미스터리 결의 묵혀두었던 소재가 떠올랐다. 〈확률적 유령의 유언〉의 뼈대는 그때 완성되었다. 언젠가 이 원고를 친구에게 공유했을 때, 친구는 개인적인 일을 이야기 소재로 쓴 것이 놀라웠다고 전했다. 하지만 사실, 나와 전혀 다른 자식들과, 내 아버지와 전혀 다른 아버지를 그리는 일이었다. 그래, 그저 그뿐이었다.

  그럼에도 불구하고, 돌이켜보면 당신이 아니었다면 '나올' 수 없는 글이다. 가깝게는 당신의 부재로 생긴 시간의 공백이 글을 쓸 틈을 주었고, 더 깊게 보자면 선택한 '미스테리'라는 세부 소재가 당신과 어렸을 때부터 즐겨 보았던 공포영화들로부터 기인했을 테니까. 볼 드라마를 고를 때 자연스럽게 스릴러/미스테리 쪽인 '이친배'에 손이 갔던 것도 애초에 그 취향이 이끈 관성이니까. 내가 쓰는 글들은, 그 속에 녹아들어 있는 가치관은, 당신과 함께 본 50편 이상의 영화들의 디스토피아적/냉소적 세계관을 기초로 세워졌다. 나와 당신의 다른 점은, 현실 속 디스토피아에서 당신은 개선해야 할 점을 찾고 비판의 목소리를 내는 것을 멈추지 않았다는 것이고, 나는 그러지 못했다는 점일 것이다. 한때는 비판이 비난으로만 들렸다. 하지만 그 목표가 더 나은 세상이었다는 점에서 어쩌면 당신은 나보다 더 낙천적인 사람이었다는 생각을 비로소 한다.

  작가가 주제를 직접 밝히는 것만큼 무의미한 것은 없다고 생각하지만(작가는 직접 말하기 보단 간접적으로 보여주는 직업이니까), 이 소설의 주제는 '독립'이었다. 삶의 부조리에 대응하는 내 머릿속 세상의 인물들은 곧잘 부서지고 망가진 채로 내게 안겨왔다. 지금까지는 그 아이들에게 행복보다는 절망을 선물해왔다. 유명한 모 좀비영화에서 생존자들이 온갖 고생 끝에 겨우 찾아간 외딴 섬이 이미 좀비바이러스에 전염된 후였다는 결말처럼. 하지만 이번 이야기의 아이들은 달랐다.

이 변화가 당신의 부재, 상실 때문만은 아니다. 다만 그저, 여즉 당신을 이해하고 있는 중인 것이다. 그러니 아직 내게 '독립'은 요원하다. 앞으로도 내 이야기의 인물들은 피도 많이 흘리고, 온갖 진창을 구를 것이다. 대신 이전과 달리, 닫힌 절망 대신 열린 희망을 탐색할 것이다. 그 과정에서 당신이 꿈꿨던 세계에 가닿을 수도, 그렇지 못할 수도 있다.

그럼에도 당신은 여전히, 내가 언젠가는 부정하고 싶대도, 절대 부정할 수 없는 나의 이야기의 공동저자일 것이다. 이 소설이 당신을 쓴(use) 것이 아니라, 당신이 나와 함께 쓴(write) 결과물인 것처럼.

인터뷰

죽은 자의 목소리, 산 자의 욕망

인아영(문학평론가)

인아영　안녕하세요? 저는 '포스텍 SF어워드 수상 작품집' 인터뷰를 맡은 문학평론가 인아영이라고 합니다. 우선 최우수상 수상을 진심으로 축하드립니다. 작가님의 소설 〈확률적 유령의 유언〉을 무척 흥미롭게 읽었습니다. 이공계에 재학 중이신 학생이라고 들었는데, 언제부터 소설을 쓰셨는지, 이번 상에는 어떻게 공모하게 되셨는지 여쭙고 싶어요.

김정수　안녕하세요, 인아영 평론가 님! 평론가 님이 읽는 동안 조금이라도 재미를 느꼈다니 정말 영광입니다. 잠깐 제 소개를 하면, 살면서 누가 시키지 않아도 가슴이 뛰었던 분야가 문학과 수학이었습니다. 수학은 모순투성이 세상에서 그 모순을 제거하기 위한 최선의 체제인 점이, 문학은 그 모순을 어떻게든 포용하려고 한다는 점이 모두 와닿았어요. 다만 이런 제 고약한 취향이 남들에겐 의아함을 자아내거나 이상함으로 비쳐졌던 것 같습니다.

제게 '창작'이라는 행위는 어쩌면, 그런 사람들에게 저를 납득시키려고 했던 과정이었습니다. 전 제가 사랑하고 좋아하는 것을 (예를 들어, 과학사에 큰 족적을 남긴 수식들과 그 과정에서 과학자들이 부딪친 모순들) 다른 사람들도 좋아했으면 했고, '창작'을 하는 '작가'는 으레 사람들이 놓치고 있는 무언가를 끄집어내 조명을 비추는, 그런 직업으로 보였거든요. 돌이켜보면, 내가 좋아하는 것을 너도 좋아해줘, 라는 미성숙한 욕구의 발현이었다고 생각합니다. 그럼에도 그 행위가 꽤 즐거웠습니다. 전하고자 하는 것을 전달하기 위해, 명료한 한 문장만이 아니라 구태여 인물과 사건을 세워서 전개를 채워넣는 그 수고가요. 그래서 데이터사이언스 석사를 하면서도 저만의 '이야기'를 만드는 것을 포기하지 못했던 것 같아요.

사실 포스텍 SF어워드는 석사 동기를 통해 알게 된 공모였습니다. 그래서 석사 내내 그 친구와 함께 기회를 노렸지만 제출시기가 AI관련 학회 제출일과 겹쳐 번번이 놓치고 있었습니다. 그러다 작년 2학기에 개인 사정으로 휴학을 하면서 쟁여둔(?) 소재들을 다듬을 기회를 얻어 부족함이 많은 원고를 마감시간에 거의 맞춰 보냈는데 이를 어여삐 봐주신 심사위원분들과 포스텍 SF어워드 덕에 분에 넘치는 영광을 얻게 되었습니다.

인 이 소설은 가까운 미래를 배경으로 뇌파 데이터를 학습하는 AI를 소재로 삼고 있다는 점에서 SF인 동시에 아버지의 죽음을 둘러싸고 자녀들이 진실을 파헤치고 있다는 점에서 추리소설이기도 합니다. 'SF 추리극'이라고 할 만한 장르를 선택하신 데 특별한 이유가 있을까요? 더 넓게는 이러한 주제로 소설을 쓰시게 된 배경이 궁금합니다.

김 아무래도 학부 전공이 과학기술정책이었고, 석사도 데이터사이언스 쪽이다 보니 자연스럽게 SF적

소재와 영감을 비교적 손쉽게 얻을 수 있는 환경에 있었습니다. 이번 소설은 여러 소재가 합쳐진 케이스였어요. 첫 번째는, 챗GPT가 유명세를 타던 초반이었던 2023년 초, 연구실 선배와 카페에 갔다가, 그 선배가 "이러다가 챗GPT로 유언장도 조작하는 거 아니냐"라는 화두를 던졌을 때였죠. 덥썩 바로 그 자리에서 그 소재를 소설로 써도 괜찮은지 허락을 구했습니다. 이 유용한 기술을 가장 개인적인 욕망을 위해 쓸 수 있다면 그 극한은 어디인가,에 대한 흥미로운 질문으로도 들렸습니다. 그래서 그날 기획서 초안을 써놓았었습니다. 그때는 시간적 배경도 현재에다가 인물들 관계도 부자 관계였고, 원래 대화에서 왔던 그대로 유언장을 '조작'하는 게 메인이어서 과학기술적 소재는 이를 위해 AI를 파인튜닝(미세조정)하는 것에 불과했습니다.

그러던 중 작년에 부녀간의 신뢰를 다룬 드라마 〈이토록 친밀한 배신자〉를 정주행하면서 문득, 아버지와 아들 관계로 설정해놓았던 인물관계를 아버지와 딸로 바꾸면 어떨까란 생각이 들었고, 아버지와 딸들이 유산을 갖고 이러쿵 저러쿵하는 고전이 떠올랐습니다. 바로

〈리어왕〉. 어떤 계시처럼, 아 이 이야기를 다 쓰려면 〈리어왕〉을 다시 읽어봐야겠구나란 결심이 섰습니다. 〈리어왕〉을 읽으며 인물들의 구성도 다시 고심했고, 학부 때 배운 내용을 곱씹다가 AI로 유언장을 '조작'하는 게 아니라 AI로 유언장을 새로 '쓰는 게 합법'이고 그것이 '증거'로 받아들여지는 시대면 어떨까란 설정을 추가했습니다. 일상과 고전, 학교의 가르침 덕에 지금의 〈확률적 유령의 유언〉이 나올 수 있었습니다. 이 자리를 빌려 다시 이 소중한 인연들에 감사의 마음을 표합니다.

인   이 소설에서 가장 인상 깊었던 것 중 하나는 생성증거 기반 유언시스템이라는 기술입니다. 유산을 둘러싼 일반적인 법정드라마와는 다른 차원의 서사를 가능하게 하는 매력적인 장치라는 생각이 들었습니다. 극중 인물 곽규필은 사후에 회고록, 일기, 음성 파일, 뇌파 데이터를 기반으로 구성된 인터페이스로 등장하여 자신의 사인을 밝히는 데 중요한 매개가 됩니다. 이러한 소재를 구상하실 때 어떠한 문제의식을 가지고 계셨을까요?

김 마음만 먹는다면 현재 AI의 단점들에는 눈감고 장점만을 취해 (그릇된) 개인적 욕망을 실현하려는 사람들은 언제든 나타나지 않을까, 그런 생각이 들었습니다. 위에서도 썼지만 이 이야기는 유용한 기술을 가장 '개인적'인 욕망의 실현을 위해 쓴다면 어디까지 갈 수 있을까, 라는 질문으로부터 시작되었던 것 같아요. 그 욕망의 끝에는, 죽은 사람을 데이터로 되살려서라도 원하는 바를 거머쥐려는 비인간성이 있으리란 걸 어렵지 않게 상상할 수 있었습니다. 거기에 그 과정이 '합법'이라는 법적 테두리까지 등에 업는다면 우린 어떻게 대응해야 할까? 보통 '법'은 가장 느리게 기술을 따라온다고 생각하지만, 결국 따라잡은 그 순간에 우리는 어떤 선택을 할 수 있을까? 이런 상상을 꼬리에 꼬리를 물며 이야기를 써내려간 듯합니다.

정작 가장 비겁한 '창작자'가 되어 질문만 던지고 나온 찝찝함이 남아 있네요. 그래도 사회구성원으로서 제가 던진 질문에 답을, 제 작품을 통해서든 논문을 통해서든 앞으로 해나가려고 합니다. 혹시나 이 소설을 읽은 독자분들도 같이 고민해주신다면 정말 기쁠 것 같아요.

인　이 소설을 읽으면서 긴장감을 놓을 수 없었던 이유는 구체적인 과학기술이 적재적소에 구현되어 있기 때문만이 아니라 믿음과 배신, 증오와 욕망이라는 인간 본연의 심리가 생생하게 그려졌기 때문이었습니다. 후반부로 갈수록 치정과 음모의 서사가 드러나면서 〈리어왕〉이라는 고전 비극이 참조된 맥락이 생생하게 이해되었습니다. 셰익스피어의 작품으로부터 어떤 영향을 받으셨는지 여쭙고 싶어요.

김　앞서 밝혔듯이 부자관계였던 것을 부녀관계로 수정하면서 떠오른 작품이 〈리어왕〉이었어요. 그만큼 많은 인물들이 〈리어왕〉에 등장하는 인물들을 모티프로 삼았습니다. 다만 〈리어왕〉이 어리석은 부모의 이야기라면, 이 소설에서는 부모에 의해 내던져진 자식들의 이야기를 하고 싶었습니다.

〈리어왕〉에는 자식세대의 캐릭터가 여럿 등장합니다. 사실상 여주인공인 코델리아보다도 대사가 많은 고너릴의 경우, 이 소설 속에서는 목소리가 제일 큰 고연이가 담당했습니다. 왜 고너릴은 그렇게까지 악독하게 아버지인 리어왕을 경멸했을까, 그만큼 사랑했던 기억이 커서 그런 게 아닐까, 라는 설정으로 만들어진 캐릭터입니다. 이연은 챕터 제목에서도 알 수 있듯이 리건이 모티프입니다. 비교적 차분한 성격의 그녀가 아버지에 대해 가지는 복잡미묘한 감정이 무엇일까를 고민하다, 어머니와 성재 사이의 일을 유일하게 알고 고뇌했던 인물로 설정했습니다. 코델(고대운)은 코델리아의 선량함과 리어왕의 충신이었던 글로스터의 적자 에드거의 배경(이름을 바꾸고 산다는 점에서)을 가져온 인물이고, 리아 켄트는 코델리아를 포함한 세 인물이 합쳐진 케이스인데 이는 다음 질문에서 더 풀어보겠습니다. 마지막으로 성재는 글로스터의 사생아, 에드먼드를 모티프로 한 캐릭터입니다. 본편에서 분량은 적지만 욕망은 가장 확실한(자신의 거지 같은 인생을 돈으로 말소하려고 한다는 점에서), 그러나 성정은 물러서 어설픈 태도를 취해 결과적으로 중심사건들을 촉발시키는 캐릭터였습니다.

부모의 죄를 대신 갚기도, 부모의 복수를 하기도, 부모의 인정을 갈망하기도 하는 이 아이들이, 각자의 욕망과 처지에 의해 잘못된 판단과 선택을 하기도 하지만 결국엔 '독립'하는 이야기를 그리고 싶었습니다. 리아의 정신적 지주인 Nan을 컴퓨팅언어에서 '아무것도 아닌 값'을 뜻하는 Nan에서 따온 것도, 리아의 삶을 저당 잡은 존재이지만 결과적으로 리아가 그로부터 벗어나 '아무것도 아닌' 존재가 되어야 하기 때문이었습니다.

인 그렇게 듣고 보니 소설이 더 흥미롭게 느껴지네요. 개인적으로 가장 흥미롭고 매력적으로 느껴진 캐릭터는 리아 켄트였거든요. 리아는 변호사로서 곽규필의 가족 드라마에 개입하는 주변부 인물로 보이지만 결국 반전에 중심이 되는 설계자로서의 인물이기도 한데요. 한편으로는 코피노라는 맥락으로 인해 단순한 피해/가해 이분법으로 설명할 수 없는 복잡한 욕망과 역사를 드러내는 인물이라는 생각이 들었습니다. 이러한 인물을 설정하게 된 계기가 있을까요? 또 이 소설에 등장하는 인물들 중에서 특별히 신경을 쓰셨거나 애정을 가지고 있는 캐릭터가 있는지도 궁금합니다.

김　코피노라는 개념을 처음 알게 되었을 때부터, 만약 이들을 작품 속에 등장시킨다면, 약자의 처지에 굴하지 않고 꿋꿋이 살아내는 인물로 그리고자 하는 개인적인 목표가 있었습니다. 그렇게 탄생한 것이 리아 켄트입니다. 물론 그만큼 묘사에 조심스러웠던 것도 사실이지만, 사회적 약자인 이들이 적어도 제 이야기 속에서는 당당하고 힘을 가진 존재이기를 바랐습니다.

사실 리아는 비록 가족을 지키기 위해서라는 목적이 있지만, 이를 위해 남을 희생하는 것을 꺼리지 않을 정도로 서늘한 구석도 있는 인물입니다. 외모는 생모를, 성격은 생부를 닮은 케이스입니다. 약자이기에 선해야 한다는 고정관념을 깨고 싶었고, 약하다는 이유로 선하게만 묘사되는, 결국 비슷한 범주의 인물들을 하나의 특징으로 뭉그러뜨리는 것을 피하고 싶었습니다. 그런 다면성을 담기 위해 〈리어왕〉 내에서 가장 유능하고 따뜻한 지성을 보여주는 켄트의 면모, 흉계를 꾸미는 에드먼드의 영악함, 그리고 비극 〈리어왕〉이 아닌 실제

역사에서 직접 무기를 들어 아버지인 리어왕을 구출해 왕위에 오르는 코델리아의 담대함을 모두 참고했습니다. 여러모로 복잡한 캐릭터지만 그럼에도 독자에게 사랑받기를, 적어도 깊은 인상을 남기기를 바랐는데 조금은 성공한 것 같아 다행입니다.

리아 외에 애정을 갖고 있는 인물은 윤성재입니다. 애초에 에드먼드가 〈리어왕〉을 다시 읽으며 가장 꽂혔던 캐릭터고, 이를 모티프로 윤성재라는 캐릭터를 구축하며 스토리 전개가 풀리기 시작했습니다. 그리고 실은 제가 만들어낸 인물 중에 가장 제 말을 안 듣고 멋대로 움직인 캐릭터입니다. 저는 성재가 이연을 진심으로 사랑할 줄 몰랐는데 알아서 본인 팔자를 꼬고 있더군요. 이야기를 쓸 때, 인물들을 통제하려고 노력하는데 제 통제를 벗어나 당황스러웠지만 그래도 이야기 흐름을 획기적으로 앞당겨준 친구라, 묘하게 마음이 가는 캐릭터입니다.

인   AI 기술이 실제로 일상 곳곳에 깊숙이 들어온 지금, 이 소설의 배경은 결코 먼 미래처럼 느껴지지 않았습니다. 감정, 기억, 판단 같은 인간의 고유한 능력조차 과학기술에 의해 대체되고 있는 지금, 이 작품을 읽으며 섬뜩한 현실감을 느끼기도 했습니다. 작가님께서는 이 작품을 통해 AI 기술의 발전과 인간성의 미래에 대해 어떤 질문을 던지고 싶으셨는지 궁금합니다.

김 제가 이 소설을 쓸 때, '생성증거'의 상용화는 적어도 10년은 걸릴 것이라 생각했습니다. 당연히 사후 유언 같은 형태는 더 이후일 것이라 생각해 20년 정도 후의 미래를 배경으로 상정했습니다. 그런데 생성AI를 활용해 재구성/제작한 증거들을 어떻게 써야 하는지에 대한 포럼이 마침 오는 8월, 미국의 국립주법원센터의 주최로 열린다고 합니다. 또한, 이번 해에만 AI 최대 학회 뉴립스에 제출된 논문 수가 3만 개에 이른다고 합니다. 매일 자고 일어날 때마다 100개 이상의 논문이 새로 나오고 있습니다. AI 학계에 발을 담고 있지만서도, 정말이지 세상은 이처럼 너무나도 빠르게 흘러가고 있습니다.

하지만 그럼에도, 적어도 생성AI가 복원한 결과물이

정당한 증거로 쓰이기 위해서는 아직 갈길이 멀다고 생각합니다. 우린 여전히 생성AI가 어째서 그런 결과를 내는지, 그 결과가 정말 인간의 인과적 사고에 기초해서 나온 것인지 밝히지 못하고 있고, 거대한 차원의 행렬곱과 강화학습에 의해 블랙박스로 설계된 모델을 어디까지 신뢰할 수 있을지, 솔직히 저는 잘 모르겠습니다.

그러나 우리가 그 모든 문제점을 덮을 만큼 효용이 크다고 생각하고 결론 내리는 순간, 어떤 미래가 펼쳐질까요. 디스토피아의 시작일까요? 하지만 그렇다고 기술의 발전을 막아야 하는 것일까요? 살아남기 위해 준비해야 하는 것들을 고민하느라 저 스스로부터 이런 질문은 뒷전이 된 것 같아 걱정스러운 요즘입니다.

인 이 소설에서 인간의 유언은 더 이상 개인의 최종적인 의사 표명이 아니라 다자적인 해석이 경합하는 장이 되고 있다는 것이 흥미로웠습니다. 곽규필의 목소리는 진실을 밝혀내는 결정적인 '판단의 도구'가 아니라 여러 인물들의 욕망을 자극하고 변화시키는 '해석의 변수'로 작용합니다. 결과적으로는 이 '사후유언 인터페이스'가 무효화되는 결말로 끝맺어지는데요. 이러한 결말을 구상하시게 된 데에 특별한 이유가 있을까요?

김   큰 모티프가 된 〈리어왕〉을 예우하는 차원에서도, 또 성재와 리아에 의해 오염된 데이터로 만들어진 '가짜' 규필이라는 점에서도, '재구성된' 규필은 필연적으로 '해체'되어야 했습니다. AI 규필에게는 안타까운 일이지만 결국 그는 원래대로라면 ID test를 통과할 수 없는 non-identifiable한 모델이었으니까요.

또한 사사로운 욕망으로 되살려진 존재의 입장에선 자신을 멋대로 되살린 이들이 원하는 대로 해주지 않고 사라지는 것이 더 의미 있지 않을까 싶었습니다. 즉, AI규필은 해체되어야만, 독립적일 수 있는 존재였던 것이죠. (사실 이 부분은 어쩌면 꿈보다 해몽입니다. 창작자인 제 의지와 상관없이, 제 손을 떠난 인물들이 스스로 '규필'을 해체시키고 있었습니다.)

인   마지막으로, 작가님의 다음 작품도 매우 기대가 됩니다. 혹시 앞으로 구상하고 계신 이야기나 탐색하고 싶은 주제가 있다면 조금 들려주실 수 있을까요? 이번 작품을 통해 보여주신 사유와 감수성이 다음에는 어떻게 확장될지 궁금합니다.

김 기회가 된다면 리아 켄트와 우리의 어릿광대 세정이 등장하는 다른 이야기를 써보고 싶습니다. 이번 에피소드에서 인연을 맺은 둘이 다른 사후유언 혹은 생성증거가 필요한 사건에서 어떻게 부딪치고 협업해서 해결해나갈지, 하고 싶은 이야기가 아직 많습니다. AI 기술은 오늘도 빠르게 발전하고, GPT가 문장을 저보다도 유려하게 쓰지만, 저는 아직 제 이야기를 하고 싶은 욕심 많은 사람입니다. 그렇기에 앞으로도 부단히, 흔치 않고 신선한 소재의, 흔치 않고 재고할 만한 주제의, 흔치 않고 도발적인 관계의 이야기를 써내려가겠습니다. 지켜봐주세요. 감사합니다.

2025 포스텍 SF 어워드

심사평

김희선(소설가)
이산화(소설가)
이지용(문화평론가)

심사평

김희선(소설가)

이번에는 원고를 특히 더 기쁜 마음으로 읽었다. 작년보다 응모 편수가 훨씬 많다는 반가운 소식도 들었거니와, 실제로 접한 응모작들의 수준도 무척 높았기 때문이다. 이공계 대학생 및 대학원생들이 SF에 대하여 가지는 관심과 조예가 이 정도로 깊구나 싶어, 심사하는 내내 즐거운 기분이었다. 심사위원 1인당 약 3~4편의 작품을 골라 본심에 올려달라는 부탁을 받았지만, 도저히 떨어뜨리기 아까워 결국 여섯 편이나 고르고 말았다.

최근 화제가 되고 있는 챗GPT라든가, 딥시크 등의 여파 덕분에 AI가 등장하는 작품이 많긴 했지만, 이공계열 전공자를 대상으로 공모한 SF소설들이서 그런지,

소재는 확실히 다양했다. 또 비슷한 소재와 주제를 다루더라도, 과학적 배경이나 상상의 범위가 더 깊고 전문적이라는 특징을 확인할 수 있었다. 작품을 살필 때는 SF의 장르적 특성을 잘 살림과 동시에 문학적으로도 완성도 높은 소설을 고르고자 노력했다.

〈확률적 유령의 유언〉은 유쾌하고 흥미진진한 작품이었다. 미스터리 SF라고 분류할 수 있을 이 소설에서는, 유산의 재분배를 위해 이미 죽은 아버지가 '확률적 유령'으로 되살아난다. 살해당한 부자 아버지의 유산을 둘러싼 싸움, 이라는 무척이나 전통적인 미스터리의 소재를 SF장르에 잘 버무리면서, 동시에 작가는, 두뇌를 컴퓨터에 업로드함으로써 영생을 얻을 수 있다는 트랜스휴머니즘의 어떤 부분을 재치 있게 비튼다. 이 작품 역시 전반적으로 높은 성취를 보였지만, SF적인 면보다 미스터리적인 면의 비중이 훨씬 크다는 사실이 마음에 걸렸다. 그러나 장르 간 벽이 허물어지고 SF의 외연 또한 점점 넓어지고 있다는 점에서, 이러한 시도는 분명히 의미 있고 칭찬받을 만하다.

〈감정의 땅〉은, 고른 완성도를 지닌 소설이었다. 대부분의 응모작들에서 AI는 여전히 '인간과 얼마나 비슷한가?', '감정을 가질 수 있는가?'와 같은 오래된 고찰의 탐구 대상에 머물지만, 이 작품에선 AI 캐릭터가 개성을 지닌 채 능청스럽게 녹아들었고, 뻔한 등장인물로 그려지지 않아 신선했다. 내부 자기장의 변화로 행성 각 구역이 거주자들에게 다른 감정을 불러일으킨다는 발상 역시 새로웠다. 세밀하고 생동감 있게 묘사된 낯선 행성과 그곳의 거주자들은, 그 자체로 하나의 확고한 SF적 세계를 만들며, 자연스럽게 주제 의식을 이끌어냈다. 다소 감상적으로 끝나는 결말이 아쉽다는 의견도 있었지만, 소위 말하는 육각형에 가장 근접한 소설이라는 데 모두 동의했다.

〈대각선 논법〉은, 심사위원들의 눈길을 단번에 사로잡은 작품이다. 블랙홀에서 벌어지는 우주일식이라는 사건 앞에 선 인간 군상을 통해 신과 우주, 존재의 의미까지 파고드는 이 소설은, 사실 어딘가 모르게 거칠면서도 듬성듬성하다는 문제를 가지고 있었다. 그러나 그러한 문제들이 일종의 시적 함축미로 보일 만큼 그 발상과 거침없는 전개가 눈에 띄었고, 최근 보기 힘든 큰 스케일과 세계관을 가진 멋진 소설이라는 데에 심사위원 전체가 동의할 수밖에 없었다. 어쩌면 오직 이공계 전공자에게서만 나올 수 있을 법한 깊이 있으면서도 과학적으로 정제된 SF적 상상력은 그야말로 발군이었다. 이 작품을 대상으로 선정하는 일에는 그리 긴 시간이 필요하지 않았다. 이에 더하여, 최우수상으로는 전체적으로 고른 작품성을 보여준 〈감정의 땅〉과 독특하고 유쾌하여 읽는 재미를 주었던 〈확률적 유령의 유언〉을 선정하기로 합의했다.

끝으로, '2025 포스텍 SF 어워드'에 응모했던 모든 분들에게 진심이 담긴 감사와 격려의 인사를 건네며 글을 맺고자 한다. 부디 앞으로도 계속해서 자신의 분야를 넘어서는 더 큰 상상력으로 세상을 마주하길 바라며, 여러분의 글쓰기를 언제나 응원하고 싶다.

심사평

이산화(소설가)

　이공계 대학교와 대학원을 졸업한 뒤 SF 작가가 되어 거의 7년 가까이 활동 중인 입장에서, 나와 비슷한 길을 걷고자 하는 신인 작가들의 작품을 읽어보는 일은 심사라는 책무에 앞서 무엇보다 감회가 남다른 경험이었다. 물론 SF는 과학 지식만으로 완성되는 장르가 아니고 이공계 전공자가 SF를 특히 더 잘 쓰리란 법은 어디에도 없다. 하지만 학교와 연구실 생활에 일찌감치 익숙해져 스스로의 진로를 제한하기 쉬운 이공계 학생들에게, 정해진 진로를 과감히 벗어나면서도 여전히 전공을 한껏 살릴 수 있는 SF라는 장르가 적잖이 매력적인 선택지인 것만은 분명하다. 올해의 응모작 수가 거의 100편에 육박했다는 사실은 한국의 이공계 학생들이 SF의 이러한 매력을 잘 알고서 도전하고 있음을 암시하는 매우 고무적인 지표다. 한국 과학기술계와 한국 SF 사이의 긍정적인 상호작용이 앞으로도 더욱 굳건하게, 또 더욱 긴밀하게 계속되기를 바란다.

올해 심사한 작품들을 전반적으로 보자면, 무엇보다도 AI라는 소재가 자주 등장한 점이 눈에 띄었다. AI는 최근 과학기술계에서 가장 뜨거운 화두이니만큼 많은 작품이 이를 소재로 삼았다는 사실은 매우 자연스럽다. 그러나 컴퓨터의 감정이나 로봇의 (비)인간성을 논하는 작품은 이미 SF 역사에 숱하게 존재하는 만큼, 이제 와서 같은 소재로 신선한 감동을 주기란 결코 쉽지 않다. '감정을 깨우친 로봇' 혹은 'AI가 관리하는 세상' 따위의 흔한 상상에 머무르는 대신 '내 소설의 로봇에게는 어떤 고유한 개성이 있는가' '내 소설의 AI는 세계에 어떤 특이한 영향을 끼쳤을까' 등을 더욱 깊이 생각해본다면 한층 재미있고 새로운 SF를 쓸 수 있을 것이다. 억압적인 디스토피아를 배경으로 한 이야기를 쓸 때도 마찬가지다. 디스토피아 소설에서는 디스토피아 또한 하나의 캐릭터다.《1984》,《멋진 신세계》,《시녀 이야기》같은 고전을 답습하기보다는 내 소설의 디스토피아를 고전 속 디스토피아와 어떻게 차별화할지, 내가 상상한 세계 안에서는 어떤 개성적인 사건이 일어날지를 보다 충분히 고민할 필요가 있다.

SF는 참신함과 개성에 큰 가치를 두는 장르다. 100여 편의 응모작 중 〈대각선 논법〉을 대상으로 결정한 것은 그 때문이다. 〈대각선 논법〉은 다듬어지지 않은 채로 화려하게 반짝이는 원석 같은 글로, 현학적으로 몰아치는 낯설고 거친 스타일과 어마어마한 규모로 팽창해 독자를 압도하는 심상이 최대의 매력이다. 글 자체의 짜임새 측면을 놓고 심사위원들 사이에서 다소 이야기가 오가기는 하였으나, 결국 SF 문학상에서는 SF만이 할 수 있는 이야기의 손을 들어주어야 한다는 데에 의견이 모였다. 〈대각선 논법〉의 재미는 틀림없이 SF라는 장르 고유의 재미다. SF를 쓰고 읽는 재미의 지평을 한층 넓혀 줄 이러한 작품을 더 많이 보고 싶다.

최우수상으로 뽑힌 〈감정의 땅〉과 〈확률적 유령의 유언〉 역시 저마다 뚜렷한 장점이 있는 글이다. 〈감정의 땅〉은 현실과는 완전히 다른 세계의 모습과 작동원리를 제시함으로써 흥미를 이끌어내는 모범적인 SF로, 인간을 닮은 AI나 계급제 디스토피아 사회처럼 얼핏 흔해 보이는 소재를 활용하면서도 뻔한 클리셰에 의존하는 대신 공을 들여 개성을 부여한 점을 특히 높이 평가할 만하다. 한편 〈확률적 유령의 유언〉은 본심에 오른 작품 가운데서 순수하게 글솜씨만 놓고 평가하면 가장 빼어난 단편이었다. 일종의 AI 기술이 주요 소재로 등장하기는 하나 그 목적과 특징을 뚜렷하게 설정해, 유산 분배라는 고풍스러운 미스터리 설정의 도구로서 매끄럽게 활용한 점이 인상적이다.

이번 포스텍 SF 공모전에서 수상한 모든 신인 작가에게 열렬한 축하를, 또 SF 창작에 도전하는 모든 이공계 학생들에게 진심 어린 응원을 보낸다. 과학기술에 대한 오랜 흥미와 애착, 머릿속에 굴러다니는 아이디어를 한 편의 소설로 빚어내기 위한 고뇌와 시행착오를 바탕으로 여러분이 차차 세상에 선보일 더욱 새롭고 놀라운 SF를 두근거리는 마음으로 기대하고 있겠다. 그런 내 기대조차 훌쩍 넘어설 작품을 언젠가는 반드시 보여주었으면 한다.

심사평

이지용(문화평론가)

'포스텍 SF 어워드'는 이공계열 전공 학생들을 대상으로 하면서 SF(Science Fiction)라는 장르소설의 공모전이라는 특징을 가지고 있다. 그렇기 때문에 개인적으로는 심사 과정에서 여타의 신인문학공모전과는 구별되는 몇 가지의 특징적인 시각을 가지고 작품의 의미를 부여하는 경향이 있는 것이 사실이다. 첫 번째는 이공계열 학생을 대상으로 하는 만큼 전공계열의 특성에 부합하는 개성을 견지하였는가이다. 여기에는 소설에서 다루고 있는 기술에 대한 명확한 인식도 있지만, 기술에 대한 구체적인 정보를 바탕으로 개성적인 세계관이나 이야기 전개, SF 장르의 특징으로 이야기되는 노붐(novum)이 어떻게 구현되었는가가 중요한 요소로 부각될 수밖에 없다.

하지만 그렇다고 해서 기술적인 측면을 구현하는 것에 대해서만 의미를 두는 것은 아니다. SF는 단순히 기술에 대해 이야기하는 것이 아니라 기술로 인해서 만들어지는 변화의 양상들을 사고실험(thought experiment)하는 장르이기 때문이다. 특히 장르소설은 코드(code)와 관습(convention)의 구현을 통해 의미가 발생하기 때문에 SF 장르소설로서 가지고 있어야 할 요소들이 효과적으로 구현되어 있는가를 고려하였다. 이와 같이 현대 기술적 문제들에 대한 이해와 개성적인 시각을 가지고 SF 소설적인 접근을 통해 상상력의 세계를 만들어낸 작품들에게 의미를 부여했다.

공모전에서는 흔히 유행하는 주제 및 소재들이 존재하고 기술의 변화에 민감하게 반응할 수밖에 없는 SF 공모전에서도 그러한 특징이 부각되기 마련이다. 최근 몇 년 간의 특징이기도 하지만 이번 공모에서도 역시 인공지능(Artificial Intelligence)에 대해 이야기하는 작품들이 많았다. 인공지능은 SF 장르 내에서는 이미 익숙한 주제이다. 그렇기 때문에 기존에 SF에서 이야기해왔던 인공지능 담론을 토대로 2025년도의 인공지능을 다루는 이야기는 어떠한 구체성과 차별성이 만들어졌는지를 이야기 할 수 있어야 한다. 이를 위해서는 기술에 대한 동시대적인 이해와 함께 장르 내에서의 이야기 방법에 대한 동시대적인 정보 역시 있어야 한다. 하지만 공모된 작품 중 인공지능을 다룬 작품들의 상당수가 기술에 대한 단편적인 적용이라든지, 감정을 가지는 인공지능과 인간과의 대립과 같은 기존 SF에서 이야기 되었던 내용들을 답습하는 경우가 많았다.

하지만 수상을 한 작품들의 경우 이러한 도식화를 벗어나서 작가의 개성적인 기술에 대한 인식이 명확하고, 그것을 소설적으로 풀어내는 능숙함과 가능성들이 돋보이는 작품이었다. 우선 대상을 수상한 〈대각선 논법〉의 경우엔 포스텍 SF라는 공모전의 특성을 잘 보여줄 수 있는 작품이라는 데 심사위원들의 의견이 모였다. 특히 소설에서 제시한 세계 안에서 과학적인 사고를 바탕으로 문제들을 해석하고 소설적으로 담담하게 풀어내는 방식이 인상적이었다. 소설적이거나 SF 장르적으로 풀어내는 기술적인 부분보다는 문제를 인식하고 그것을 해석하고 풀어내는 방식의 개성에서 앞으로의 작가적 역량과 가능성을 확인할 수 있었다.

최우수상을 수상한 〈감정의 땅〉의 경우 개성적인 세계관을 설정하고 그 세계에서의 개념들을 새롭게 만들어내는 등의 다양한 시도들을 한 것이 특징적이었다. 특히 인공지능과 감정에 대한 이야기를 다루면서도 공간의 개념을 활용하여 기존과 다른 형태로 이야기를 구성한 것이 돋보였다고 할 수 있다. 뿐만 아니라 전체적으로 세계를 구성하고 이야기를 이끌어 나가는 힘이 있어서 읽는 내내 즐거움을 느낄 수 있었다. 〈확률적 유령의 유언〉은 전형적인 유산상속극의 플롯에 인공지능과 미래 기술을 적절히 섞어서 재치 있게 풀어낸 작품이었다. 특히 상투적일 수 있는 이야기에 기술적인 장치들이 적절하게 배치되고, 그것을 미스테리하게 엮어나가는 힘이 돋보이는 작품이었다고 할 수 있다.

공모전이라는 특성 때문에 나름의 기준을 세우고, 그에 부합하는 작품들에게 의미를 한정할 수밖에 없었음은 언제나 아쉬움으로 남는다. 이번에 수상하지 못한 작품들일지라도 소설로서의 가치들이나 서술의 능숙함이 빼어난 작품이 예년보다 더 많아진 것은 고무적이면서도 그만큼 아쉬운 점이었다. 공모전에 응모해주셔서 좋은 작품을 경험할 기회를 주신 것을 감사드리고, 이후로도 작가 개별적으로 가지고 있는 전문성과 그것을 세상에 전달하는 방법으로 소설 쓰기를 포기하지 않고 이어나가주시길 바란다.

2025 포스텍 SF 어워드 수상작품집

대각선 논법

1판 1쇄 발행 2025년 9월 17일

지은이·박건률 이후영 김정수
펴낸이·주연선

(주)은행나무
04035 서울특별시 마포구 양화로11길 54
전화·02)3143-0651~3 | 팩스·02)3143-0654
신고번호·제 1997—000168호(1997. 12. 12)
www.ehbook.co.kr
ehbook@ehbook.co.kr

ISBN 979-11-6737-581-0 (03810)

• 이 책의 판권은 지은이와 은행나무에 있습니다. 이 책 내용의 일부 또는 전부를 재사용하려면 반드시 양측의 서면 동의를 받아야 합니다.

• 잘못된 책은 구입처에서 바꿔드립니다.